Hans Capadrutt · BALKON ZUR STRASSE

AF175326

Die Ansichten, die Gian in diesem Buch äussert, sind rein spekulativ und erheben keinen Anspruch auf Allgemeingültigkeit.

HANS CAPADRUTT

BALKON
zur STRASSE

WENN DER ALLTAG MAGISCH WIRD

© 2023 Hans Capadrutt
Umschlag, Layout und Satz: hc
Herstellung und Verlag: BoD – Books on Demand, Norderstedt
ISBN: 9 783754 330128

INHALT

VORWORT

In BALKON ZUR STRASSE beobachtet und beschreibt Gian vom Balkon aus das Leben auf der Strasse, die an seinem Haus vorbeiführt.

Im ersten Teil hält er sich noch tagebuchartig an die Alltagsrealität. Ab *Balkon II–V* wird es dann ab und zu *magisch*. Dass eines Tages die Strasse mit Fussgängern, Autos und Velos verschwunden ist und an ihrer Stelle ein Fluss am Haus vorbeifliesst, ist nur der Anfang einer Reihe unerklärlicher Vorkommnisse, die Gian über das Alltagsbewusstsein hinaus in eine andere Realität katapultieren.

Als dann auch noch seine Kaffeemaschine zu sprechen beginnt, und er sich plötzlich auf einem riesigen Ozeandampfer wiederfindet, auf dem ihn eine junge Frau mit *Hallo Onkel Gian* begrüsst, verschwimmt die Grenze zwischen Realität und Fantasie immer mehr.

DIE BRÜCKE

Gian versucht schreibend und unter Lebensgefahr über eine nebelverhangene Hängebrücke ans andere Ufer zu gelangen. Ein geheimnisvoller weisshaariger Mann versucht, ihn zu warnen. Doch Gian will nicht auf ihn hören.

BALKON I

Alltag

Acht Grad. Faserpelzjacke, Trainerhose. Filzpantoffeln. Königsblau. Mit roter Schweiz und weissem Kreuz dreingestickt. Maschinell. Massenware. Neun Franken neunzig. Dosenbach.

Der fünf Millimeter dicke Filz dämpft die Missempfindungen an Gians Füssen. Nervenschäden, verursacht durch eine Logenspaltung an den Waden. Besser, als keine Füsse mehr. Jeder bekommt, was er verdient, hat er den Ärzten gesagt.

Die Kälte. Der Lärm der Autos. Das Zwitschern der Vögel. Gian nimmt Laptop und Maus und setzt sich in der warmen Stube an den Esstisch.

Vor drei Stunden am Rhein: «Nicht aufspringen! Nicht aufspringen!», ruft die Frau.

Der Hund gehorcht. Schnuppert nur an der Kamera, mit der Gian die Gämsen am Calanda fotografiert hat.

Beim ersten Treffen vor ein paar Wochen stürmt das schwarze Tier auf ihn zu, als ob es ihn schon immer gekannt hätte. Die Pfoten hinterlassen lange Spuren auf seiner Jacke, die feuchte Schnauze berührt seine Nase.

Die Frau entschuldigt sich.

«Ich habe sie aus dem Tierheim, sie ist erst drei Jahre alt. Die Erziehung fehlt ihr noch.»

Ob er Gämsen gesehen habe?

«Ja, eine, gerade gegenüber», sagt Gian. Dann läuft er schnell weiter, geniesst den Spaziergang am Rhein. Jeden Morgen zwischen acht und halb zehn Uhr. Weiter vorn laufen Rekruten im Kampfanzug über die Brücke.

Radio: Ländlermusik.

Gian blättert die Tageszeitung durch: Der Kanton lockert das Festverbot ... Ab sofort sind grössere Veranstaltungen in Graubünden wieder möglich. Dies, obwohl sich die Zahl der Erkrankten auf elf Fälle erhöht hat. – Schutz vor Abofallen. – Harte Zeiten für die Migros. – Regierung will nichts an Fusionspraxis ändern. – Es darf gefeiert werden, wenn man sich nicht zu nahe kommt ...»

Kaffeepause: Die Maschine macht Geräusche, als ob ein kleineres Flugzeug über das Haus fliegen würde, was Gian jedes Mal nervt. – Etwas Rahm, wenig Zucker, besser wäre Assugrin, hat der Arzt gesagt.

Post holen: Zahnkontrolle. Die Karte fliegt zerknüllt in den Papierkorb.

Zeitung: Anlässe abgesagt – Konzert Nexus – Kinoaufführung – Mitgliederversammlung Procap Grischun – Veranstaltungen zum Internationalen Tag der Frau – Tag der offenen Türe im Seniorenzentrum Cadonau – Dämpfer für die Migros Ostschweiz.

Radio, Nachrichten: Der Bundesrat will die Schweizer besser vor Gewalttätern schützen.

Zeitung: Todesanzeigen. Vier. Zwei Frauen, zwei Männer. Gian kennt/kannte sie nicht. Achter April 1932, 23. Januar 1921, 24. Mai 1948, 8. Mai 1941.

Der alte Russ, ein Bündner Auswanderer und seine Zeit. Hysterie wegen des Coronavirus. Will der Staat für uns nur das Beste? Ermittlungen gegen Spaniens Ex-König und dessen Geliebte.

Sport: Interessiert nur, wenn die Schweiz gewinnt.

Letzte Seite: Warten auf Bond – Keine Zeit zu sterben. Wegen Corona verschoben.

Gian steht auf und wirft einen Blick durchs Spektiv, mit dem er seit ein paar Tagen die Gegend überwacht. Die Bonaduzer Alp ist von leuchtend weissem Schnee bedeckt. Sein Auge schweift nach links, nach oben, wo der Berg im Nebel verschwindet. Der Berg, der weiter hinten sein Schicksalsberg ist.

9. MÄRZ 2020

Etwas über sieben Grad. Regen. Kein Wetter, um die neue System-Kamera zu testen. Gian läuft dem Rhein entlang und macht ein paar Fotos. Weil der Spiegel fehlt, sieht man ihr nicht an, was sie drauf hat. Mit Adapter und dem 70-300 mm-Objektiv der alten Spiegelreflex wirkt sie trotzdem ziemlich erwachsen.

Ein Ehepaar mit zwei Schirmen. Gian kennt sie von weitem. Alte Bekannte aus der Druckerei. Sie meint, dass er nass werde, so nur mit Hut und Jacke.

«Ein bisschen Natur», sagt er und verabschiedet sich, weil eine Frau mit Hund die Beiden in ein Gespräch verwickelt.

Wenn du mich liebst, dann küss mich doch, ich habe Angst, du wartest noch …, singt er vor sich hin … Andrea Berg, auf dem USB-Stick in seinem Auto. Gian hat um die dreissig Musik-Videos von YouTube heruntergeladen und am Computer in MP3 konvertiert.

Schlager, Klassik, Volkslieder …

Rückblende, Kantonsspital: Anfang Dezember 2018. «Du bisch ja a Bürgerlicha!», meint sein ehemaliger Lehrer erstaunt. Etwa zwei Stunden sitzt er an Gians Bett. Interviewt ihn, will wissen, was sein ehemaliger Schüler so alles gemacht hat in den vergangenen fünfzig Jahren.

Zwei Frauen haben den Patienten Bücher gebracht. Gian hat ein paar Thriller ausgesucht, sie liegen aufgestapelt auf dem Nachttisch. Er staunt, dass sein Lehrer diese Bücher gelesen und auch die Filme gesehen hat. Nie wäre er darauf gekommen, dass er sich für dieses Genre interessiert. Die Wildwestromane, die Gian und sein Bruder während der Schulzeit verschlungen haben, hat er verächtlich als Schund abgetan.

Gian läuft weiter dem Rhein entlang. Allein im Regen. Rekruten liegen zwischen den Bäumen am Boden. Kurze, trockene Explosionen, dann ein gewaltiger Klapf. Gefechtsübung mit Handgranaten. Gian erinnert sich an die Rekrutenschule in Andermatt. Sommer 1970, vor fünfzig Jahren.

Zwei Frauen mit Kapuzen joggen vorbei. Gian schaut durch den Regen an den Calanda hinauf. Keine einzige Gams zu sehen. Das Wasser dringt durch die Jacke, nässt die Jeans. Nur ein bisschen Natur.

Rückblende: Sie gehörten zur Risikogruppe, hat der ältere Sohn vor zwei Tagen gesagt. Deshalb besser kein Kontakt.

Für die Geburtstagsfeier ist es sowieso zu spät. Schon als Bub war das kein grosses Thema. Zweimal hat man ihn sogar vergessen. In einer Schulpause bekommt Gian von seiner Tant eine Schokolade.

«Giavischa tut i bien», sagt sie freundlich. Es dauert eine Weile, bis Gian begreift, dass er Geburtstag hat.

Manchmal denkt er an die alten Männer im Dorf. Sieht sie pfeifenrauchend am Abend auf der Bank vor dem Haus sitzen. Er und reist in Gedanken zurück in die Vergangenheit. Erinnert sich, erlebt nochmals, hört die vertrauten Stimmen ...

Gian hat seinen Spaziergang beendet, schiebt das Ticket in den Automaten und ist erstaunt, dass er so lange unterwegs war. Die durchnässte Jacke wirft er über die Kopfstütze auf dem Rücksitz, die Kamera kommt in die Foto-Tasche. Mit einem Papiertaschentuch, das neben dem angebissenen Apfel beim Schalthebel liegt, reinigt er die Brille. Dann fährt er los.

Unterwegs fällt ihm ein, dass er noch in die Apotheke sollte. Seit Tagen macht er sich Sorgen, ob seine Medikamente wegen des C-Virus noch zu haben sind.

Zu seinem Erstaunen ist er dann der einzige Kunde. Kein Stau wie die Medien verkündet haben. Alle Medikamente sind vorhanden und sogar auch beim Liferanten noch auf Lager.

Balkon: Drei Uhr nachmittags. Die Kälte dringt langsam durch Gians Jacke und nach unten in die Beine. Auf der Bonaduzer Alp leuchtet frischer Schnee unter grauweissen Wolken.

Gian hat auf ketonische Ernährung umgestellt, verzichtet im Moment fast ganz auf Kohlenhydrate. Gemüse, Fleisch, Eier ... und ein einziges Stück Brot am Tag. Wie lange er das durchhält, weiss er nicht.

Gian auf der Post: Eine freundliche Angestellte zeigt ihm, wie er seine Rechnung am Zahlungsautomaten eingeben kann. Sie liest ihm die Konto-Nummer ab seinem Handy vor und ist entzückt, dass ein so alter Mann an dieser Technik Interesse zeigt.

Bevor er wieder ins Auto steigt, erscheint auf dem Handy eine Terminerinnerung: Augenarzt, 09.30 Uhr.

Im Wartezimmer: Gian blättert eine Illustrierte durch und begegnet Endo Anaconda. Er hat abgenommen, trinkt seit zehn Monaten keinen Alkohol mehr, erzählt, dass er früher jeden Tag eine Flasche Hochprozentiges getrunken und nicht das Gefühl gehabt habe, betrunken zu sein. Jetzt trinkt er mit drei Kollegen am Küchentisch Tee.

Die Assistentin ruft. Jung, stark geschminkte Augen, attraktiv. Gian folgt ihr wie ein Hündchen ins Untersuchungszimmer.

«Sie können sich auf diesen Stuhl setzen.»

Der Stuhl steht dicht vor einem Apparat. Sie macht den Makulatest. Rote Linien blitzen durch Gians Augen, drehen, dehnen sich, blenden.

«Sie können sitzen bleiben, der Arzt kontrolliert auch noch», sagt sie und verlässt ihn.

Dr. Chan, noch kürzer angebunden als sonst, grüsst ihn ohne Handschlag. C-Virus, Ansteckungsgefahr. Klare Befehle, keine Fragen erwünscht. Er schiebt eine Vorrichtung zehn Zentimeter vor Gians Augen.

«Stirn anlehnen! Nase nicht! Nur Stirn!»

Blendendes Licht.

«Auf mein Ohr schauen! – Anderes Auge! – Auf mein Ohr schauen!»

Gian sieht kein Ohr, schaut einfach in die Richtung, in der er es vermutet.

«Lesen! Oberste Reihe!»

Gian liest und meldet: 2, 4, 9, 5, 6 ...

Die nächste Reihe, kleinere Zahlen ...

«Anderes Auge! Lesen!»

Gian ist stolz, dass er die Zahlen überhaupt sieht.

«Nach oben schauen!»

Die Augentropfen machen fast blind. Gian hofft, dass er trotzdem noch fahren kann.

Abschlussbericht: Makula unverändert, nächster Termin in sechs Monaten.

Dr. Chan läuft voraus zum Empfang, murmelt *auf Wiedersehen* und ist weg. Die Arztsekretärin reicht Gian das Kärtchen mit dem Termin über den Tresen, auf dem, wie er erst jetzt sieht, eine Flasche mit Desinfektionsmittel steht.

Einkauf nach dem Arztbesuch: Eine Frau, einen Kopf grösser als Gian, bezahlt vor ihm eine einzelne Flasche Likör. Sein Einkauf füllt das ganze Band.

«Hamsterkauf», sagt er zum Spass.

«Ist mir egal!», schmettert sie seine Freundlichkeit zu Boden. Gian hasst humorlose Menschen und ab sofort Frauen, die ihn um einen Kopf überragen.

Durch die offene Balkontür ertönt Musik. Radio Eviva, Jodelgesang.

Gian erinnert sich an seinen kurzen Besuch in einem Jodelchor: Beim ersten Auftritt streift man ihm eine Edelweiss bestickte blaue Kutte über. Er steht in der

14

hintersten Reihe und hat, weil er die Lieder noch nicht kennt, die Anweisung bekommen, nur die Lippen zu bewegen. Trotzdem versucht er, mitzusingen, was gründlich schief geht. Eine langjährige Jodlerin vor ihm zischt ihn an, er solle den Mund halten, wenn er schon nicht singen könne.

Gian zieht die blaue Kutte aus und gibt sie dem Chorältesten zurück. Liebevoll faltet der die Kostbarkeit zusammen, legt sie sorgfältig vor sich auf das weisse Tischtuch. Danach schaut er durch ihn hindurch. Gian fühlt sich, als ob er mit dieser Zurückweisung die Ehre des Vaterlandes beschmutzt hätte.

11. MÄRZ 2020

Überall dieser Virus. Dauerthema im Radio, auf dem Handy, in der Zeitung. Und beim Morgenessen mit Rahel. Langsam wird es Gian zuviel. Er traut der Hysterie nicht. Etwas daran ist faul. Wenn der Virus wirklich nicht viel schlimmer ist als eine Grippe, weshalb dann dieses Theater? Gian ist überzeugt, dass mehr dahintersteckt, traut weder der Regierung, noch den Fachleuten und schon gar nicht den Medien. Die ganze Wirtschaft droht zusammenzubrechen, wenn das nicht bald aufhört. Und nur wegen eines neuen Grippevirus, das, wie man weiss, weniger Todesopfer fordert als die alljährliche Grippe.

Enkelkinder sollen nicht mehr von den Grosseltern betreut werden, Restaurants haben kaum noch Gäste, Fluggesellschaften keine Passagiere. Geflogen wird trotzdem. Mit leeren Sitzen, um die Slots nicht zu verlieren. Dass immer noch Autos vorbeifahren, beruhigt Gian etwas. Er beschliesst, die sozialen Medien zu meiden. Dort findet die grösste Hetze statt. Millionen von Flüchtlingen warten scheinbar darauf, in Deutschland eine neue Heimat zu finden. Die Regierung tut alles, damit sie ungefährdet einreisen können. Welch noble Geste von einem Land, das zwei Weltkriege geführt und Millionen von Menschen auf dem Gewissen hat.

Um sieben Uhr morgens hat Gian seine neue Kamera aufs Stativ geschraubt und, noch im Pyjama, auf dem Balkon aufgestellt. Zeitraffer. Sechshundert Aufnahmen, alle zehn Sekunden eine. Eine Stunde und fünfundvierzig Minuten für ein Vierundzwanzig-Sekunden-Video.

Gian kann sich an einen Traum erinnern, in dem er jemandem sagt, dass er im Grunde genommen die Menschen liebe, alle. So wie sie sind. Nicht persönlich, das wäre unmöglich. Doch als menschliche Wesen, die ihren Weg gehen wie er seinen.

27. MÄRZ 2020

Freitag. Kalt, wie jedes Jahr um diese Zeit. Wenn es dann endlich wärmer wird, ist er vorbei, der Frühling. Ein besonderer Frühling, weil man, als Ü65-Mensch, sich nicht aus dem Haus wagen sollte. Ansteckungsgefahr. Der Virus lauert hinter jeder Ecke. Laut den Medien türmen sich bereits überall Leichenberge.

Tag und Nacht, auf allen Kanälen das gleiche Thema. Massive Angstmacherei, es ist, als ob man beschlossen hätte, nicht aufzuhören, bis nicht jedes Wesen auf dieser Welt auf allen Vieren durch die Gegend kriecht. Jeder macht einen Bogen um den anderen, zwei Meter Abstand mindestens. Experten tauchen in den Medien auf wie Pilze, die nach einem Landregen aus dem Boden schiessen. Jeder weiss etwas, nämlich die Wahrheit. Und wehe denen, die die Gefahr nicht ernst nehmen.

Von Anfang an war er skeptisch, und ist es immer noch. Etwas scheint gewaltig faul zu sein an dieser Medienhysterie. Wenn wirklich eine solch schreckliche Seuche unterwegs wäre, würde man versuchen, die Bevölkerung zu beruhigen. Was im Moment gemacht wird, ist jedoch das pure Gegenteil.

Über der Strasse hört Gian das Brummen eines Rasenmähers. Rahel werkelt in der Küche herum. Autos rauschen vorbei, Vögel zwitschern, gelb blühen die Forsythien. Ein milchiger Dunst liegt über den schneebedeckten Bergen.

Viertel nach zwei, vielleicht bekommt Gian heute die neue Tastatur für den Computer, den er in den letzten Tagen nach einem Totalabsturz wieder zum Laufen gebracht hat. Gut fühlt er sich nicht in diesen Tagen, um ehrlich zu sein.

Kein Wölkchen am Himmel, ein kalter Wind.

Ab und zu laufen Leute vorbei, die sich in einer fremden Sprache unterhalten. Jugoslawisch vielleicht, ab und zu Italienisch oder Romanisch. Doch meistens im einheimischen Dialekt.

Am Vormittag war er in der Apotheke. Frau Frick, die bayrisch-österreichische Apothekerin mit Gesichtsmaske, fragt, wie es ihm gehe. «Der Sohn besorgt die Einkäufe», sagt er. «Ah ja, gut!», meint sie.

Vier Medikamente. Von jeder Schachtel hat Gian den Teil abgerissen, wo der Name drauf steht, dazu mit Kuli 1x, 2x, 1x, 2x drauf geschrieben. Mit vier 5-Franken-Gutscheinen bezahlt er den Warzenentfernungsstift. Die beiden Frauen beraten, ob mit Kälte oder mit Essigsäure besser ist. Sie sind Diabetiker, dann ist der Kältestift nicht ideal. Was das mit Diabetes zu tun hat? Sie können es nicht genau sagen. Ob sie ihm glauben, dass die Warze am rechten Zeh gewachsen ist?

Beim ersten Auftragen beschliesst Gian, vorsichtig zu sein und hält den Stift nur kurze Zeit auf die Warze unterhalb des rechten Auges. Es brennt etwas, die Säure reizt die Nasenschleimhäute. Doch es wirkt, nach ein paar Tagen ist das Gewächs verschwunden.

Eigentlich wird er keine Bücher mehr schreiben, hat Gian gedacht und sich auf die Fotografie gestürzt. Neue Kamera, Zubehör, Adapter, ein Spektiv. Ein Fernrohr, um den Mond zu beobachten. Die Welt steht auf dem Kopf, was bei Spiegelteleskopen normal ist, liest er in der Beschreibung. Die Umkehrlinse, die ein paar Tage

18

später eintrifft, zeigt kein Bild. Nichts als Nebel. – Frust, Ärger. Wenigstens kann er die neue Kamera anschliessen und den Berg gegenüber fotografieren. Und auch filmen. Gämsen tummeln sich im Schnee, rennen die Kreta duruf, mindestens fünfzehn Stück.

Er schneidet ein Video zusammen und stellt es auf Facebook, wo er über zweihundert Freunde hat. Persönlich kennt er nur zehn.

Sein Sohn ruft nach der Arbeit an. Er klingt müde, ist gestresst. Wie erwartet, bringt er die Einkäufe am nächsten Morgen. In einer Woche kommt die erste Lieferung von Coopathome.

3. APRIL 2020, 14.37 UHR

Schönes Wetter. Etwas dunstig über der Bonaduzer Alp. Immer noch ungewöhnlich kalt.

Am Vormittag war Gian mit Rahel in der Stadt. Sie sind die einzigen Kunden auf der Hauptpost. Distanz-Markierungen verzieren den Boden. Gian schiebt das kleine Paket für seinen Bruder gegen die Scheibe. Die Angestellte zögert, bevor sie aufmacht. Hat sie Angst vor Corona? Oder Bedenken, weil Gian mit seinen weissen Haaren offensichtlich im Risikoalter ist?

Gian parkiert auf der Oberen Au und läuft mit Rahel an den Rhein bis zur Absperrung. Das Militär will nicht, dass in diesen Tagen Zivilisten auf ihrem Gelände herumstreifen.

Die Füsse schmerzen, wie immer seit der Operation, doch es geht. Nach vierzig Minuten steigt er mit Rahel wieder ins Auto. Bei der Haltestelle Felsberg will sie aussteigen. «Noch etwas laufen», sagt sie.

Zu Hause öffnet er die Packung mit dem Hackfleisch, mischt fein gehackte Zwiebeln und Knoblauch darunter, würzt und knetet. Das Fleisch ist nass und kalt.

«War wohl tiefgefroren», sagt er zur Frau, die gerade zur Tür hereinkommt.

Portugiesischer Wein. Er trinkt mehr, als ihm guttut. Einfach so, aus Lust. Nach dem Essen räumt er ab, füllt das Geschirr in die Maschine, legt eine Chemie-Tablette ins Fach und drückt auf den Startknopf. Dann legt er sich auf die Couch und schläft schnell ein. Nach zwei Stunden wacht er auf. Ihm ist übel. Rahel sagt, er habe geschnarcht.

Sein Sohn bringt im Armee-Tenue die Esswaren. Er stellt die Einkaufstaschen auf den Türvorleger und bleibt im Gang stehen. Distanz wegen dem Virus. Er macht sich Sorgen um seine Eltern. Gian kommen fast die Tränen.

5. APRIL 2020, SONNTAG

Mit Rahel auf dem Balkon. Wenig Verkehr, mehrere Spaziergänger, Familien, Kinder ...

Gian erinnert sich an einen unangenehmen Traum: Er sitzt mit ein paar Leuten an einem langen, ovalen Konferenztisch. Im gegenüber, am oberen Ende, ein Mann, der ihn stumm anstarrt. Gian versucht, mit ihm zu kommunizieren, doch er blockt ab. Er scheint mit irgendetwas, das Gian getan hat, nicht einverstanden zu sein, und lässt es ihn spüren. Sein stummer Vorwurf, sein Schweigen, machen Gian wütend. Er ist überzeugt, dass dieser Mann nicht das Recht hat, ihn zu verurteilen, wofür auch immer.

Die Frau mit Hut, die Gian am Balkontisch gegenübersitzt, möchte, dass er, weil die Sonne auf ihre Füsse brennt, die Store herunterkurbelt.

«Ah, gut, danke!», sagt sie und schaut weiter in die grüne Hülle ihres Handys.

Ein Easy-Rider-Töff blubbert die Strasse hinauf, ein Töffli dröhnt entgegen. Dann wieder Stille, nur die Vögel zwitschern.

Während Rahel mit ihrem Handy beschäftigt ist, denkt Gian an die Worte des US-Präsidenten: Never, never, never giv up!

Auch wenn er manchmal auf allen Vieren im Dunkeln herumkriecht, so gelingt es ihm doch immer wieder, auf die Füsse zu kommen. Dann greift er zur Gitarre, übt ein paar Griffe, spielt eine Melodie, oder er nimmt seinen Laptop, verschiebt sich mit ihm auf den Balkon und schreibt ein paar Zeilen. Was, spielt keine Rolle, sagt Doris Dörrie in ihrem Buch *Leben, schreiben, atmen*. Einfach schreiben, den Verstand ausschalten, die Zweifel, die Gedanken im Kopf, die ständig versuchen, das Vertrauen in die innere Stimme zu zerstören.

11. APRIL 2020, 15.50 UHR

Am Vormittag hat Gian seinen Hauswart-Job erledigt: Das Treppenhaus gereinigt, die Abfallbehälter in beiden Waschküchen geleert, im Heizraum fünfundzwanzig Kilo Reosal in die Entkalkungsanlage nachgefüllt, Lift, Geländer und Handläufe gesäubert und mit dem Laubsauger Tiefgarage und Hauseingang von den dörren Blättern befreit, die der April-Regen aus den Hecken rund ums Haus in die Auffahrt geblasen hat.

Dann, zum ersten Mal in diesem Jahr, den Rasen gemäht. Und die Gänseblümchen, weil er schon immer ein Herz für die Natur, Tiere und Blumen hatte, stehen lassen. Wie kleine, bezaubernde Feen-Inseln danken sie ihm dafür.

Wie Gian das Gras entsorgen will, steht eine lange Autoschlange vor dem Recycling-Platz, was ihm nicht gefällt. Er beschliesst, das Ganze um einen Tag zu verschieben, fährt zurück in die Tiefgarage und deponiert den grünen Behälter vorläufig auf dem Parkplatz. Dort wird das feuchte Gras vermutlich ziemlich warm werden, ähnlich wie früher auf dem Heustock, wenn das Wetter lange schlecht war und das Heu nicht ganz trocken eingebracht werden konnte.

17. APRIL 2020, FREITAGMORGEN

Es ist so warm, dass man bei Vogelgezwitscher auf dem Balkon frühstücken kann.

Gian checkt sein Handy. Köppel auf seinem YouTube-Kanal wettert über die Versäumnisse des Bundesrats. Die neuesten Massnahmen machen auch Gian wütend. Wieso sollen die Grossverteiler zwei Wochen vor den kleinen Läden öffnen dürfen? So eine Idiotie! Der Bundesrat hört auf Virologen, sogenannte Fachleute, die mit Sicherheit der Pharmaindustrie nahe stehen oder sogar von ihr implementiert worden sind. Dieses ganze Theater weltweit hat, Gians Ansicht nach, das Ziel, die Leute so massiv einzuschüchtern, dass sie danach jede Impfung dankbar annehmen werden. Wie man am Beispiel von Schweden sehen kann, geht es auch ohne die extremen Massnahmen, wie sie in der Schweiz und in den meisten Ländern angewendet werden.

Mittagessen: Gian rüstet den grossen Blumenkohl in die gläserne Backofenform, leert etwas Onkel Bens Langkornreis in eine Kachel und schiebt beides in den Steamer. Zwei Bärlauch-Würste anbraten und fünfunddreissig Minuten später ist das Mittagessen fertig.

Mittagsschlaf: Gian träumt. Er steht mit ein paar Leuten am Meer. Es stürmt. Weit draussen sieht er ein Schiff, das gegen zehn Meter hohe Wellen ankämpft. Weisse Gischt spritzt bis in den Himmel. Trotz der bedrohlichen Lage will der Gide mit dem Boot hinausfahren. Auf keinen Fall, sagt Gian, weil er weiss, dass dieser Führer nicht sehr erfahren ist.

24. APRIL, FREITAG, 14.00 UHR

Rahel geht mit einer Kollegin walken. Gian fährt sie zum Stauwehr, wo die Freundin mit ihrem Mann, der sie hergefahren hat, bereits wartet. Gian sieht die Beiden zum ersten Mal. Er öffnet die Scheibe auf der Fahrerseite und grüsst, bleibt jedoch im Auto sitzen. Auf der Rückfahrt fragt er sich, weshalb er nicht ausgestiegen ist und mit dem Türken geredet hat.

Am Morgen am Rhein. Gian setzt sich auf eine Bank und sucht den Calanda ab. Keine Gämsen weit und breit. Doch plötzlich steht eine zuunterst auf der Mauer zum Fluss hin. Sie hüpft auf die Weide, läuft den steilen Hang durab, klettert über einen Felsen und trottet dann gemächlich durch die Büsche am Rheinufer. Welch eine Überraschung!

29. APRIL 2020, MITTWOCH, 15.18 UHR

Schon der zweite Nachbar mäht den Rasen, obwohl es am Morgen noch geregnet hat. Der über der Strasse, den sie Grünenfelder nennen, weil er einmal bei einer Firma mit diesem Namen gearbeitet hat.

Rahel ist von der Arbeit nach Hause gekommen. Müde, hungrig und etwas ungehalten. Frühlingsrollen, wünscht sie, ein Säcklein sei im Tiefkühlfach. Er findet es nicht, sie schon.

«Dazu einen von Hand fein geraffelten Rüeblisalat?»

«Oh ja, super!», sagt sie.

Sie hat ein Paket mitgebracht, ist beim Briefkasten abgestellt worden. Gians Lampe fürs Schlafzimmer. Drei Stufen zum Dimmen, mit USB-Anschluss.

Ein *Alpaflugzüg*, ein uralter Aebi, fährt vorbei. Die Vöglein zwitschern, alles ist grün geworden. Wunderschön! Frühling eben!

Das Sein hinter den Gedanken. Ein Thema, das Eckhart Tolle immer wieder anspricht. Ebenso Mooji, der spirituelle Lehrer aus Portugal. Das wahre Ich hinter dem des Körpers, dem Ego, die Gedanken, die unablässig unser Leben begleiten, vom Aufstehen am Morgen bis zum Einschlafen am Abend – und noch schlimmer in der Nacht, wenn wir nicht schlafen können – sei nicht unser wahres Selbst. Es wäre nur der Verstand, ein reaktiver Mechanismus, der unablässig Gedanken in unser Bewusstsein spüle, die unsere Aufmerksamkeit auf das lenkten, was uns von unserer wahren Natur fernhalte.

Wir sollten uns nicht erkennen, nicht finden, was uns frei machen kann, nämlich, dass unser Innerstes ein göttlicher, unzerstörbarer Funke sei und immer bleiben werde. Eine Bewusstseinseinheit, die auf die Welt gekommen wäre, um durch die Dualität auf der physischen Ebene Erfahrungen zu machen.

Von klein auf würden wir geschult, dass allein die physische Realität das Leben ausmache. Ein Träumer, wer es nicht schaffe, das zu verwirklichen.

Wie man Macht ausübt, andere Leute manipuliert, sich einen Vorteil verschafft, hat Gian nie interessiert. Wenn immer möglich meidet er Leute, die dieses Spiel spielen.

Ein Idealist, ein Träumer, ist er immer noch irgendwie. Auf der Suche nach der Wahrheit. Er weiss, dass sie schwer zu finden ist, weil sie wie ein Chamäleon ständig die Farbe wechselt. Trotzdem hat er jede Spur, die ein wenig Wahrheit versprach, untersucht. Und festgestellt, dass es keine einzige, allumfassende, für alle Menschen verbindliche, Wahrheit gibt. Obwohl das religiöse oder sonstige Fundamentalisten ständig behaupten.

30. APRIL 2020, DONNERSTAG, 14.04 UHR

Endlich hat es geregnet, wenn auch nicht viel. Gian hat wenig geschlafen, ist müde, echt müde.

Was soll er heute schreiben? Mooji sagt, dass alles ausser dem wahren Ich Illusion ist. Und das Wahre ist weder von Raum noch Zeit abhängig.

Warum eigentlich wünscht sich ein Schriftsteller, ein Maler oder sonst ein Künstler, dass sein Werk ankommt, gelesen, gekauft, bewundert, geschätzt wird?

Im Literaturclub besprechen jeweils ein paar Kritiker vier bis fünf Bücher. Gian staunt immer wieder, dass selten ein Autor von allen gelobt wird. In der Regel wird jedes Buch mindestens von einem Kritiker negativ beurteilt. Renommierte Autoren und Autorinnen werden nicht selten als Stümper bezeichnet.

10. MAI 2020, SONNTAG, 19.25 UHR

Morgen ist der grosse Tag. Restaurants, Cafés dürfen wieder öffnen. Einkaufsläden auch, fast alle. Allerdings mit Auflagen. Zwischen den Tischen müssen zwei Meter Abstand eingehalten werden, damit der Coronavirus, falls er springt, keinen Schaden anrichten kann.

Gian empfindet das Ganze immer noch als ein riesiges, weltweit inszeniertes, Theater mit dem Ziel, dass sich die Menschen aus Angst vor dem Virus widerstandslos impfen lassen. Allerdings sieht es nicht ganz so aus, als ob es gelingen würde. Es gibt Widerstand.

13. MAI 2020, MITTWOCH

Zwölf Grad. Eisheilige, sagt seine Frau.

Gian fährt mit ihr um halb neun in die Stadt, sein Handy klingelt. Die Garage! Diesmal wird es teuer. Service, Räder wechseln, Bremsbeläge ersetzen usw.

Nachdem er das Auto abgegeben hat, läuft er in die Stadt. Durch die Sägenstrasse ins Welschdörfli, am Haus vorbei, wo er mit dreiundzwanzig, vor siebenundvierzig Jahren, eine Einzimmer-Wohnung bewohnte. Erinnerungen, Bilder, jedoch kaum Gefühle.

14. MAI 2020, DONNERSTAG, 15.57 UHR

Gians Nachbar hat schon am frühen Morgen ein paar Festbänke auf dem Rasen aufgestellt. Seine Frau hat die Tische gedeckt und den Haag für den Geburtstag ihrer Tochter mit farbigen Ballons geschmückt.

Jetzt spielen da ein paar Kinder und drei junge Frauen sitzen, mit je einem Kleinkind auf den Knien am festlich geschmückten Tisch.

16. MAI, SAMSTAG, 17.08 UHR

Gians jüngerer Sohn ist heute dreiunddreissig geworden. Ein junger Mann, mit dem man diskutieren kann, bis einem die Augen zufallen. In seiner Gegenwart hat Gian oft ein Gefühl von Geborgenheit, so, als ob er sein Vater wäre und nicht umgekehrt.

Rahel hat mit ihrer Schwester telefoniert. «A Gruass! Wie geht es ihr? Gut, auch ihr Mann ist wieder besser zwäg!» Sie liest *Die sieben Schwestern* von Lucinda Reily. Gian hat ein paar Seiten gelesen, jedoch nichts damit anfangen können.

Ab und zu versucht er, Bilder, Gedanken, Eindrücke zu fassen, die in ihm auftauchen wie Nebelschwaden.

Es geht um sein Hauptthema, den Berg, an dem er aufgewachsen ist. Vor einiger Zeit hat er in einem Bericht gelesen, dass es in der Zeit der Hexenverfolgung einem Mann aus der Gegend gelungen sei zu flüchten, bevor er hingerichtet werden konnte.

Beim Lesen dieses Berichts tauchen bei Gian verschwommene Bilder auf: Ein Mann flieht durch den Wald, versteckt sich, friert, hungert und gelangt irgendwann in ein Tal, wo man ihn nicht kennt und leben lässt.

19. MAI 2020, DIENSTAG, 14.41 UHR

Nichts ist, wie es war, auch wenn die Virus-Hysterie langsam abflaut und immer mehr Leute realisieren, dass etwas daran faul ist. Trotzdem versuchen die Massenmedien immer noch, die Angst aufrechtzuerhalten. Tote hier, Tote dort! Eine zweite Welle usw. An vorderster Front der Panikmacher positioniert sich typischerweise der Chefredaktor einer Boulevard-Zeitung.

Gian begreift nicht, dass erwachsene – wahrscheinlich sogar gebildete – Menschen für so eine Zeitung

einstehen und solchen Schwachsinn schreiben können. Nachrichten, die nur ein Ziel haben: Die Massen
aufwiegeln und in Angst halten. Um das zu erreichen,
verkaufen sie Lügen als Wahrheit und Wahrheit als
Lügen.

Die Corona-Massnahmen sind ihm von Anfang an
übertrieben vorgekommen. Gian bemerkt, dass nicht
überall darauf geachtet wird. Zum Beispiel beim Einkaufen. Die Kontroll-Karte hat er vergessen, an der
Kasse zurückzugeben. Hat niemand gemerkt, der Kas-
sier nicht verlangt. Die Leute weichen ihm nicht mehr
aus, die Lage scheint sich etwas entspannt zu haben.

24. MAI 2020, SONNTAG, 17.31 UHR

Gian hat eine halbe Stunde lang die Kaffeemaschine
gespült. Sie macht eine *Canera* wie eine Baumaschine.
Aber der Kaffee ist gut, und seine Frau wollte das lär-
mende Ding *umsverrecken*.

Halb zehn Uhr! Der Mann seiner Schwägerin hat *ge-
watsuplet*: Im Café Merz an der Rossbodenstrasse. Bis
Gian und Rahel eintrudeln, ist es zehn Uhr.

Rahel trifft im Café bei den Zwei-Meter-Abstands-
Streifen auf eine Frau, die sie kennt. Gian überlässt
ihr das Kaffeeholen und setzt sich zu Tom und seiner
Schwägerin an den Tisch. Tom ist nervös. *Geht ihr aufs
Maiensäss?* Ja, sagt er, und alles ist klar. Wenn Tom auf
Kunkels fährt, ist er immer angespannt. Warum, weiss

Gian nicht. Vielleicht macht ihm die Strecke mit den vielen Kurven Angst.

Später laufen Gian und Rahel auf dem Rossboden. Neunundfünfzig Minuten und gratis geparkt. Eine Stunde hätte einen Franken gekostet.

Nach der Pensionierung vor sechs Jahren hat Gian die Küche übernommen. Für ihn ist das jeden Tag ein kleines Fest. Von der Zubereitung, übers Kochen bis zum Essen. Dazu den Tisch decken, bedienen und die Küche aufräumen. Das Ganze ist für ihn eine Art Zeremonie. Was er kocht, schmeckt seiner Frau nicht immer. Gian neigt dazu, zu stark zu würzen. Statt einer kleinen Zwiebel nimmt er zwei oder eine grosse.

An diesem Sonntag raffelt er vier grosse *Härdöpfel*, hackt eine grosse Zwiebel und *brätelt* in der ersten Pfanne damit eine Rösti.

In die zweite Pfanne gibt er zwei Kalbs-Bratwürste, ohne Haut, halbiert und jede Hälfte der Länge nach in vier Teile geschnitten. Zu den sechzehn Teilen kommen nochmals Zwiebeln und zwei Tomaten.

Während dem Essen muss seine Frau ein langes Referat über sich ergehen lassen, in dem Gian seine Weisheiten von sich gibt.

Sein Leben sei seit einiger Zeit eine Achterbahn der Gefühle, sagt er. Er denke manchmal, dass er nichts richtig gemacht habe. Natürlich lässt das Rahel erfreulicherweise nicht gelten.

Trotz ihrer liebevollen Unterstützung fragt er sich, wie es weitergeht. Und findet keine Antwort. Er weiss es nicht, beim besten Willen nicht. Er fühlt sich wie mit dreiundzwanzig, als er Ideen hatte, die er nicht verwirklichen konnte. Planen war nie seine Stärke. Er hat sich immer intuitiv auf das Leben eingelassen und aus dem Bauch heraus Entscheidungen getroffen, die ihn manchmal in Schwierigkeiten gebracht haben.

Trotzdem fühlt er im Moment eine enorme Lebendigkeit. Fühlt, schmeckt, nimmt intensiv jedes Geräusch, jedes Vogelgezwitscher wahr. So lebendig fühlt er sich, dass es ihm schwerfällt, am Abend ins Bett zu gehen. Schlafen? Wie langweilig! Und trotzdem schläft er jeden Tag auch auf der Couch. Nach dem Morgenessen, nach dem Mittagessen und immer, wenn er müde ist.

Seine Frau ist der Meinung, dass er, im Gegensatz zu ihr, kaum Bedürfnis nach Kontakt habe. Stimmt und stimmt auch wieder nicht. In Gesellschaft fühlt er sich meistens gut aufgehoben, vor allem, wenn gegessen, getrunken und diskutiert wird. Dann taut er auf und unterhält manchmal die ganze Runde mit seinen Spässen und Sprüchen. Was ihm fehlt, sind Leute, mit denen er mehr als Smalltalk machen kann.

Beim letzten Geburtstag im Haus wurde über vier Stunden lang nur über die Leute geredet. Geklatscht, seiner Meinung nach. Seine Versuche, ab und zu ein tieferes Thema anzusprechen, wurden sofort verwässert oder ganz ignoriert.

Beispiel: Eine Witwe klagt über die Beschwerden, die ihr die Chemotherapie verursacht. Gians Bemerkung, dass nur der Körper stirbt, die Seele jedoch ewig lebt, wird sofort mit dem Standard-Einwand abgetan, dass noch niemand zurückgekommen ist, was, wie Gian weiss, durch unzählige Erfahrungsberichte über Nahtoderfahrungen, längst widerlegt ist.

«Die meisten Leute in meiner Umgebung sind ...», sagt Gian eines Tages zu seiner Frau.

«Ich kann einfach nicht verstehen, dass niemand ein Interesse daran hat, tiefere Themen zu diskutieren. Ich habe schon in der Lehre ein Büchlein von Coué über Selbsthypnose gekauft. Mit der Selbstsuggestion: Es geht mir mit jedem Tag, in jeder Hinsicht, immer besser und besser, konnte ich allerdings nicht viel anfangen, weil es mir eigentlich gut genug ging. Also habe ich meine Suche ausgeweitet und bin christlichen Fundamentalisten in die Hände geraten, die mich bekehren und auf den einzig richtigen Weg in den Himmel führen wollten.

Ich habe alles versucht, mich davon zu überzeugen, dass es auch für mich der einzig richtige Weg ist. Doch dann gab es – wie bei einem Gummiband, das man in eine Richtung spannt und dann loslässt – eine Gegenbewegung. Von einem Tag auf den anderen wurde mir klar, dass ich nicht auf einem Weg in den Himmel wollte, bei dem so Vieles, was ich mochte, als Sünde bezeichnet wurde und verboten war. Ich sah auf diesem Weg keine Möglichkeit, das ganze Spektrum des Lebens kennenzulernen. Doch genau das wollte ich. Ich hatte den Drang, alles zu erkunden, alles zu verstehen, herauszufinden, wer ich bin, woher ich komme und wozu auf der Welt.»

Und jetzt, gerade in diesem Moment, ist sich Gian bewusst, dass er – trotz all den Büchern, die er gelesen und trotz allem, was er in den letzten fünfzig Jahren erforscht hat – nur weiss, dass er atmet, dass er die Vögel zwitschern hört, den kühlen Abendwind an den Beinen spürt und seine Finger die Tastatur auf seinem kleinen Laptop dazu benutzen, Buchstaben und Sätze auf dem Bildschirm entstehen zu lassen. Gesteuert von Gedanken, die etwas, das nicht mit dem Verstand zu fassen ist, durch ihn fliessen lässt.

18.45 Uhr. Gian hat noch kein Bedürfnis, den Balkon zu verlassen, schaut aber kurz ins Wohnzimmer. Seine Frau schaut eine Doku über die Nordseeinseln. Sie will ihre Ruhe. – «*Ussa!*», ruft sie.

25. MAI, MONTAG, 18.42 UHR

Zum Glück wieder angenehm kühl. Der Nachbar fährt gerade mit seinem kleinen Auto auf den Parkplatz. Rahel muss noch einmal in die Apotheke.

«So um acht Uhr», sagt sie, «bin ich zurück!»

Die Bonaduzer Alp ist schneefrei. Das Buch *Jörg Jenatsch* ist angekommen. Briefe, teils im damaligen Dialekt, viele in Italienisch.

Unglaublich, wie sich die Sprache in vierhundert Jahren verändert hat. Das Thusner Strafgericht. Schlimm! Mit Folter wurden Geständnisse erpresst und darauf ohne Umschweife Hinrichtungen angeordnet. Und Jörg Jenatsch immer an vorderster Front. Hass auf die Spanier und Österreicher, die ihren Glauben nicht aufgeben wollen. Ein unglaubliches Chaos muss damals im heutigen Bündnerland geherrscht haben.

Ermordung von Jenatsch am 24. Januar 1639 im *Staubiga Hüatli*. Rache für den Mord an Pompejus Planta. Und natürlich ging es immer um den Glauben. Katholiken gegen Protestanten und umgekehrt.

Vom Schiessstand her hört man Schüsse. Ein vertrautes Geräusch, ein wenig Normalität in diesem Virus-Irrsin.

Die Amseln kümmert weder das eine noch das andere. Sie zwitschern ihre Melodien in die kühle Abenddämmerung, als ob es kein Morgen gäbe.

26. MAI, DIENSTAG, 14.28 UHR

Gians erster Enkel ist neun Jahre alt geworden. Sein Neni, der hier schreibt, ist an seinem Geburtstag siebzig Jahre, vier Monate und zwei Tage alt.

2081 ist sein Enkel so alt, wie Gian heute. Noch so gerne würde er einen Blick in die Zukunft werfen oder – noch lieber – reisen, so wie Marty McFly im Film *Zurück in die Zukunft*.

Er denkt an die Zeit zurück, als er so alt war wie sein Enkel. Die Welt war völlig anders. Es gab noch kein Fernsehen, kein Internet, kein Handy. Nur ein schwarzes Telefon mit Drehscheibe an der Wand und die Zeitung, die am Vormittag und am Nachmittag im Dorf verteilt wurde.

Gian erinnert sich, wie man auf dem Berg, dem Maiensäss, sehnsüchtig auf die Post wartete, die nur alle paar Tage jemand heraufbrachte. Die einzige Ausnahme waren eingeschrieben Briefe oder Pakete. Damit musste der Briefträger unverzüglich zu Fuss jedes Maiensäss bedienen. Was in der Welt los war, las sein Vater am späten Abend im Licht der Karbidlampe im *Der Freie Rätier* am Hüttentisch. Die Erinnerung daran löst ihn Gian ein Gefühl von Geborgenheit, Sicherheit und Wärme aus.

31. MAI 2020, PFINGSTSONNTAG, 10.51 UHR

Vor einer guten Stunde ist Gian mit seiner Frau zur Kirche gefahren. Der erste Gottesdienst nach dem Lockdown.

«Beim Eingang wird von einem Vorstandsmitglied Desinfektionsmittel in die Hände gegeben, danach muss man mit Abstand sitzen!», sagt sie.

Gian fährt, da er seit Jahren nicht mehr in die Kirche geht, weiter zum Stauwehr. Er möchte wieder einmal durch den Eichwald hinauf laufen und Fotos machen. Doch das Wehr ist wegen Bauarbeiten gesperrt. Deshalb fährt er zum östlichen Dorfausgang, parkt das Auto beim Spielplatz, läuft mit der neuen Kamera über das kleine Brücklein und links in den Wiesenweg hinein, wo ein grosses Mohnfeld leuchtet. Während er Fotos macht, läuft eine Frau hinter ihm durch.

«Den Mann nicht stören beim Fotografieren, gell!», ermahnt sie ihren Hund.

2. JUNI, DIENSTAG, 10.36 UHR

Gian hat am Morgen seine Frau ins Pilates gefahren und läuft danach dem Rhein entlang. Er weicht einer *Hündelerfrau* aus, die ihn schon lange nervt. Sie, nicht ihr schwarzer Labrador. Der ist immer sehr freundlich, kommt schwanzwedelnd auf Gian zu und lässt sich streicheln. Was seiner Besitzerin allerdings nicht zu gefallen scheint.

Am Nachmittag fährt er mit Rahel an den Berg seiner Kindheit hinauf. Leider ist da schon ein Nachbar am Grillieren. Er winkt, Gian winkt zurück, steigt ins Auto und fährt weiter, richtung Alp. Dann hinunter bis zum *Tänneliwald*. Dort stellt er das Auto am Strassenrand ab und läuft mit Rahel den Weg hinunter zum Maiensäss, auf dem er als Kind viele schöne Stunden verbracht hat.

Die Hütte scheint bewohnt. Sie laufen daran vorbei, machen Fotos und gelangen weiter unten auf den alten Weg, den Gian als Bub viele Male, zusammen mit seinen Brüdern, zu Fuss oder mit dem Vater auf dem Rapid passiert hat. Steil ist der Weg, kaum zu glauben. Ameisen haben das Gebiet übernommen.

4. JUNI, DONNERSTAG, 11.41 UHR

Gian ist früh aufgestanden. Er fühlt sich gut. Das Wetter ist ganz nach seinem Geschmack.

Es hat geregnet, ist feucht und kühl. Eine Stunde *Industriewalk* vom Parkplatz Obere Au durch die Ross-

bodenstrasse zum Mediamarkt, und über die Über-
führung zur ehemaligen Agip-Tankstelle.

Während dem Laufen, denkt er an den vergangenen
Mittwoch zurück, wo er nach Flims gefahren und eine
Stunde durch den Wald hinauf gelaufen ist. Das erste
Mal nach seiner Operation. Alles ist gut gegangen, was
ihn immer noch freut. Nächstes Mal will er bis zum
Restaurant und dann vielleicht bis Foppa hinauf lau-
fen.

16. JUNI 2020, DIENSTAG, 15.51 UHR

Den ganzen Morgen geregnet, fünfzehn Grad.

Gian schaut ein Video auf YouTube über Nikotin:
Nikotin verwandelt sich im Körper in Nikotinsäure =
B3 Vitamin. Wurde von den Majas als Arzneimittel gebraucht. Hat viele positive Eigenschaften. Kann wach
machen aber auch beim Einschlafen helfen. Soll die
Verdauung regulieren, gegen Alzheimer und Depres-
sionen helfen, ja vermutlich sogar Lungenkrebs verhindern. Also gerade das Gegenteil von dem, was die
Pharma-Medizin erzählt.

Eine Pathologin hat auf YouTube erzählt, dass es
zwischen einer Raucher- und einer Nichtraucher-Lun-
ge nur minimale Unterschiede gebe, beide sähen bei
der Obduktion – im Gegensatz zu den *schwarzgefärb-
ten* Bildern, die in den Medien gezeigt werden – gleich
rosig aus.

Vergangene Nacht war Gian im Traum im Stall seiner Kindheit.

«Ich darf schon schnell in die Werkstatt?», fragt er den neuen Besitzer und öffnet die Tür zum Heuboden. Der Besitzer ist nicht ganz einverstanden, lässt ihn aber gewähren. Gian weiss, dass das Gebäude jetzt ihm gehört. Das gibt ihm kein gutes Gefühl. Er läuft durch das Heutenn und steigt an dessen Ende die breite Holztreppe hinunter in die Werkstatt. Die Sensen hängen nicht mehr an der Wand, auch die Kuhglocken nicht. Aber Werkzeuge überall, aufgehängt und in Gestellen. «Da habe ich als Kind ...» Gian sucht nach Worten, doch ihm fällt nicht mehr ein, was er gemacht hat. Aber es ist eindeutig noch immer seine Werkstatt. Alles ist ihm vertraut. Auch auf den langen Balkon möchte er noch. Und schon ist er draussen. Das Geländer ist nicht mehr wie früher, als seine Mutter dort die Wäsche zum Trockenen aufhängte. Man hat es durch lange, alte Bretter ersetzt.

Gian spürt noch ganz wenig vom Zauber, den diese Laube ihm als Kind vermittelt hat. Besonders im Frühling, wenn das Schmelzwasser vom Dachkänel herunter plätscherte. Das Zwitschern der Vögel, die wunderbare Stille und Ruhe. Sein Herz schmerzt. Er muss zurück.

2. JULI, DONNERSTAG, 17.47 UHR

Regen und Donner mit etwas Sonnenschein. Um sechs Uhr morgens sitzt Gian wieder einmal auf dem Hometrainer. Zehn Minuten nur. Dann macht sich bereits wieder das Schleudertraume bemerkbar.

Gegen neun Uhr Rundgang auf dem Rossboden. Der Rhein ist, des Gewitters vom vergangenen Abend wegen, hellbraun gefärbt. Ähnlich den Flüssen in Afrika.

3. JULI, FREITAG, 05.56 UHR

Um halb sechs verlangt es Gian nach einem Kaffee. Um seine Frau nicht zu stören, benutzt er nicht die Kaffeemaschine. Er nimmt Tasse, Löffel, Nescafé, Rahm und Zucker in sein Zimmer, füllt den Wasserkocher im Bad und benutzt die Steckdose in Bodennähe neben dem Kleiderkasten. Mit Kaffee und Laptop sitzt er kurz nach sechs Uhr auf dem Balkon, geniesst die Morgenruhe und beginnt zu schreiben.

12. JULI 2020, SONNTAG, 19.26 UHR

Schönes Wetter, ein kühler Wind. Gian geniesst die Abkühlung, fragt sich jedoch, woher dieser Wind kommt. Der Himmel ist immer noch blau! Kaum ein Flugzeug zu sehen.

Die Medien melden jeden Tag massenhafte Corona-Erkrankungen. Doch Gian sieht, dass die Leute sich

nicht einschüchtern lassen. Sie tragen zwar die vor-
geschriebenen Masken im ÖV, doch ihm scheint, mehr
aus Gleichgültigkeit als aus Angst.

21. JULI, DIENSTAG, 17.20 UHR

Seit Samstag sind Gian und Rahel im Ferienhaus
Hilari im Simmental. Frau Bieri, die das Haus betreut,
hat erwartet, dass sie mit Hund ankommen, was ein
Problem gewesen wäre, weil der deutsche Besitzer
mit zwei schlecht erzogenen Hunden noch in der
Nacht ankommen soll.

Er kommt dann auch. Doch die Hunde sind ruhig.
Am Sonntag, als sie die Wohnung verlassen, rastet
der eine jedoch völlig aus. Das Tier hat offensichtlich
Angst, beruhigt sich aber schnell und lässt sich streicheln. Wolfgang, der Besitzer, erzählt, dass er mit seiner Partnerin meist in Namibia lebt, sie zusammen
Bücher schreiben und er, wie Gian vermutet hat, im
weitesten Sinne ein Künstler ist. Medienbeauftragter
an der Uni in Bremen. Seine Partnerin, eine ehemalige Professorin, besucht uns am Montag in der kleinen
Parterrewohnung. Sie stellt sich als Chefin vor, die
Hunde stürmen bellend in die Wohnung. Die Professorin läuft mit Schuhen an ins Schlafzimmer, wo sie,
wie sie sagt, im Kasten noch ein Handtuch holen muss.
Natürlich will sie die Wohnung ihrer Mieter inspizie-
ren und demonstrieren, dass sie hier das Sagen hat.

Gians neuer Liegestuhl, den er extra von zu Hause
mitgenommen hat, fordert die beiden Vermieter her-

aus. Sie hätten auch einen, wenn auch nicht so einen schönen, sagen sie. Am nächsten Morgen steht er vor der Tür. Von der Sonne gebleicht, fleckig und zerrissen, mit grau-verblichener Schaumgummi-Füllung.

Auch ein Terassentisch mit Stühlen fehlt. Die Frau Chefin meint, sie würden vielleicht einen auf dem Flohmarkt bekommen.

Ansonsten fühlt Gian sich wohl. Es ist wunderbar ruhig. In der Nacht bimmeln Kuhglocken. Die Sterne blinken viel heller als zu Hause. Und obwohl die Küche wahrscheinlich fünfzig Jahre alt ist, lässt sich alles kochen. Als dann mit Getöse auch noch ein uralter Aebi vorbeifährt, fühlt Gian sich in die Kindheit auf dem Maiensäss zurückversetzt.

Auf den Wiesen wird geheuet, und alle Häuser, sowohl im Tal als auch gegenüber auf den Bergen, sind in diesem heimeligen Simmentaler-Chaletstil gebaut.

4. AUGUST 2020, DIENSTAG, 12.35 UHR

Regen, Nebel. Wie früher auf dem Maiensäss am Heinzenberg. Lange geschlafen. Todmüde nach dem anstrengenden Enkel-Hüte-Tag: Um vier Uhr in der Nacht aufstehen, duschen, schnell einen Kaffee trinken und dann mit dem Auto den Berg hinunter ins Dorf. Um zehn vor fünf Uhr Enkelhüte-Job-Übernahme, weil der Sohn und die Schwiegertochter beide Frühschicht haben.

Gian und Rahel schlafen noch etwas auf der Couch, bis der zehn Monate alte Enkel aufwacht.

Es wird ein langer Vormittag. Zum Glück meldet die Mutter, dass der Schwimmunterricht nicht stattfindet. Das wäre ein zusätzlicher Stress gewesen.

Viertel nach eins kommt der Sohn von der Schicht nach Hause, seine Eltern können sich etwas erholen.

Gian braucht etwas gegen seinen Ausschlag am Rücken. Die Dorf-Apothekerin meint, es könnte der Anfang einer Gürtelrose sein und schlägt vor, das Immunsystem mit Vitamin C und Tropfen zu stärken. Sie lacht, als er spasst, dass es an der Gegend liegen könnte.

Um ca. vier Uhr sind Gian und seine Frau wieder in ihrer Ferienwohnung. Gian macht ein Nickerchen auf der Couch. Plötzlich klopft und riegelt jemand an der geschlossenen Tür. Gian macht auf, es ist die Chefin. Sie bringt die Säcke für den Staubsauger.

Freundlich, nett, gesprächig und neugierig ist sie jetzt, die ehemalige Uni-Professorin aus Berlin. Nie wäre Gian darauf gekommen, dass sie bereits zweiundachtzig ist. Er erzählt ihr vom frühen Aufbruch am Morgen, doch sie sagt, sie hätten nichts gehört. Ob man daran dächte, die Ferien hier zu wiederholen? Kaum, sagt Gian, weil der Sohn vermutlich wegen beruflicher Veränderung wegzieht.

Während er sich mit der Frau unterhält, taucht ihr Mann Wolfgang auf. «Grüezi!», sagt er, als ob er ein Schweizer wäre, holt im Schopf Holz fürs Cheminée und fragt, ob man nicht auch einfeuern wollte?

Gians Frau sitzt mit Tablet und Kopfhörer auf *seiner* Couch. Im Hintergrund klingt leise Musik aus seinem kleinem Radio. SRF 1. Der Kühlschrank surrt, es ist warm. Gian hat die Bodenheizung aufgedreht. Der erste gemütliche Vormittag. Erstens, weil es regnet und zweitens, weil man immer noch müde ist vom Enkelhüten.

«Nach am Mittagässa gömmer aber ussa!», sagt sie und zerschlägt damit Gians leise Hoffnung, den ganzen Tag in der warmen Wohnung auf seine Art Ferien zu machen.

6. AUGUST 2020, DONNERSTAG, 14.08 UHR

Gian hat einen Tag für sich allein. Rahel ist mit dem Sohn um 08.02 mit der BLS zum Rigi aufgebrochen. Er geniesst es, wieder einmal Zeit für sich zu haben.

Die Frau Professorin und ihr Mann packen bereits seit einigen Stunden.

«Am Nachmittag werden wir abfahren!», sagt sie, als Gian gegen halb neun vom Bahnhof zurückkommt. Luni, die verhaltensgestörte Hündin, rastet aus, als ob sie bedroht würde. In der Ferne knattert eine Motorsäge.

Gian liegt auf der Couch und schaut auf seinem Samsung-Tablet Action- und Musikfilme. Zum Mittagessen kocht er Risotto, schnetzelt Schalotten und kleine Stücke Landjäger hinein. Ein Glas Wein dazu und das Leben ist so, wie er es mag. Nach dem Essen legt er sich hin und schläft ein. Als er aufwacht, heult noch immer die Motorsäge, und auch die Frau Professor und ihr Mann Wolfgang sind noch da.

Wieder zu Hause. Vier Stunden nach der Abfahrt im Simmental fährt Gian mit Frau und Gepäck zu Hause in die Tiefgarage. Kein Stau auf der ganzen Strecke. Eine halbstündige Kaffeepause. Reine Fahrzeit: Dreieinhalb Stunden.

20.30 Uhr. Immer noch achtundzwanzig Grad auf dem Balkon. Aufgeregt zwitschern die Spatzen, ein leichtes Lüftchen bringt etwas Kühlung.

BALKON II

Magisch

Das Gefühl, das Gian im Moment umhüllt wie eine warme dunkle Decke, ist schwer einzuordnen. Ein Teil davon besteht aus dem Geschmack des Kaffees, dessen letzten Schluck er vor ein paar Minuten getrunken hat. Leicht bitter auf der Zunge, im Gaumen, ja bis hinunter in den Magen. In sitzender Stellung, den Rücken nicht angelehnt, sieht er seine behaarten, leicht gebräunten Arme. Seine Hände verdecken einen Teil der Tastatur. Die Finger bewegen sich, auf dem Bildschirm erscheinen Worte und Sätze, von denen er nicht genau weiss, woher sie kommen. Er fragt sich, was in ihm die Bilder kreiert. Ist es der Verstand? Oder etwas, das darüber steht, das den Verstand nur zur Übermittlung benutzt? Etwas, für das es keinen Namen gibt? Vielleicht eine Art Spiegel, der die inneren Bilder reflektiert und durch Impulse über Finger und Tastatur in Worte und Sätze umwandelt?

Dann fällt Gian auf, dass es Phasen gibt, in denen er schreibt, ohne zu denken. Die Sätze erscheinen direkt, von Wahrnehmung und Gefühl gesteuert, auf dem Bildschirm. Was überlegt, sortiert und Entscheidungen trifft, drängt sich jedoch immer wieder in den Vordergrund. Es ist, als ob ein Reiter einen Wald erforscht, den er noch nicht kennt. Am Anfang hält er die Zügel kurz, überprüft immer wieder die Richtung, lässt das Pferd im Schritt gehen. Doch dann, wenn das Vertrauen da ist und beide wissen, wohin es geht, lässt er die Zügel fahren. Das ist dann der Moment, wo es zu fliessen beginnt. Direkt aus der inneren Gefühls-Bild-Wahrnehmung auf den Bildschirm. Keine Fragen, keine Zweifel, keine Gedanken.

Der Teil, der überlegt, sortiert und bewertet wird übergangen. Namen, Dialoge, Geschehnisse entstehen wie von selbst. Es ist, als ob alles schon da ist. Ein Satz ergibt den nächsten. Bilder, Szenen, Begegnungen. Leute kommen zusammen, Schicksale, Zusammenhänge, Querverbindungen entstehen stimmig aus dem Nichts.

Da Gian nur stundenweise schreiben kann und auch nicht jeden Tag, verliert er immer wieder den Zugang, das Vertrauen. Dann schreibt er nur ein paar Worte, lässt die Zügel los und wartet. Manchmal bewegt sich nichts. Vielleicht, weil er zu müde ist, die Bilder nicht kommen. Oder, weil sein Pferd anderswo ist. Wenn er etwas Geduld aufbringt, stupst es ihn dann plötzlich von der Seite an. Komm, steig auf, vertrau mir, ich weise dir den Weg, sagt es. Wohin es ihn führt, weiss er jeweils nicht.

Manchmal fragt Gian sich, ob er ist, was er im Moment von sich wahrnimmt oder das, was er vor einer Stunde – in einer ganz anderen Situation – gewesen ist? Vielleicht ist er aber auch das, was er denkt und sein Bewusstsein nur ein Produkt unzähliger Synapsen-Verbindungen in seinem Gehirn?

Ein Computer erwacht nur zum Leben, wenn er Strom bekommt. Ein Auto startet erst, wenn der Fahrer den Schlüssel dreht, und auch bei einem Velo muss die Energie durch die Bewegung der Beine auf die Pedalen übertragen werden, damit es fährt. Diese Energie entsteht jedoch nicht nur aus Verbindungen physischer Elemente im Gehirn. Was allem Leben einhaucht, ist nicht mit wissenschaftlichen Methoden messbar.

Als Gian den Einkauf von der Tiefgarage durch den Veloraum zum Lift schleppt, steht da ein Bekannter, einer vom Berg. Er arbeitet, wie er erzählt, auf eigene Rechnung als Liftmonteur für diverse Firmen. Hat auch Operationen gehabt. Ist auch etwas schief gegangen, weshalb er kein Gefühl im linken Unterschenkel mehr hat, sagt er und streicht mit der Hand über seine Handwerkerhose.

Gian verabschiedet sich und steigt die Treppe hinauf ins Parterre. Beim Hauseingang stellt er die Taschen ab, reisst die schwere Glastür auf und öffnet den Briefkasten. Während er die Post sortiert, laufen ein Mann und eine Frau mit Walkingstöcken vorbei. Nachbarn von Nummer dreiundvierzig. Sie machen jeden Tag die gleiche Runde. Um neun Uhr Abmarsch, um zehn Uhr kommen sie zurück. Bei jedem Wetter, zu jeder Jahreszeit.

Im zweiten Stock nimmt Gian den Schlüssel aus der Hosentasche, steckt ihn ins Schloss und dreht ihn zweimal nach links. Lichtvoll, farbig, empfängt ihn die Wohnung. Nachdem er die Einkäufe verstaut hat, kippt er in der Küche den Schalter der Kaffeemaschine auf ON. Mit ungehaltenem Knurren erwacht Tschiba zum Leben. Die *Canera*, die sie beim Mahlen der Bohnen macht, nervt ihn auch nach einem Jahr noch. Ganz im Gegensatz zu Rahel. Sie liebt die Maschine. Verteidigt sie, als ob sie ihr Kind wäre.

Gian schaltet das Radio e in: Corona, Terroranschlag in den USA. Und wieder ausgiebig Corona. Er würgt den Sprecher mitten im Satz ab und begibt sich auf den Balkon.

BALKON 1

Während auf dem Laptop das Programm startet, bewundert Gian die roten im Wind schaukelnden Blüten der Dipladenia. Dann beginnt er zu schreiben, taucht in eine Welt ein, in der es keine Grenzen gibt.

Nach einer halben Stunde hat sich die Strasse in einen Fluss verwandelt. Fast fünf Meter breit fliesst das Wasser satt und ruhig am Haus vorbei. Auf dem Trottoir gegenüber läuft eine junge Frau mit ihrem Hund Richtung Bahnhof. Sie bückt sich, nimmt einen Stein in die Hand und wirft ihn in den Bach.

Ein Flugzeug donnert durch den wolkenlosen Himmel. Eine Biene summt. Gian steht auf, beugt sich übers Geländer und sieht, dass der Fluss zweihundert Meter weiter oben, bei der Abbiegung zum Golfplatz, aus dem Boden quillt und hundert Meter weiter unten beim kleinen Kreisel wieder verschwindet. Männer in orangen Uniformen regeln den Verkehr. Halten die Fahrzeuge an, beugen sich hinein und erklären den Leuten, den Grund der Umfahrung.

Blaugrün, fast durchsichtig, ist das Wasser. Fische tummeln sich darin. Ausgewachsene, grosse Forellen. Einem Impuls folgend geht Gian in die Küche, nimmt ein Brot aus dem Regal, schneidet einen Teil davon in kleine Stücke und eilt zurück auf den Balkon. Dann geschieht etwas Seltsames: Das Wasser steigt und bildet eine Welle, die sich in Zeitlupe auf den Balkon zubewegt. Eine Forelle nach der anderen streckt den Kopf aus dem Wasser und schnappt sich ein Stück Brot. Nachdem alle satt sind, zieht sich die Welle zurück und wird wieder eins mit dem Fluss.

BALKON 2

Es hat zu regnen begonnen. Ein kühler Wind streicht über Gians Beine unter dem Tisch.

Sturmwarnung im Tessin. Überschwemmungen werde es geben, sagt Rahel, die eben nach Hause gekommen ist. Sie habe auf der Gemeinde wegen den beiden Tageskarten lange warten müssen, erzählt sie und verschwindet in der Küche.

Das Dröhnen eines Flugzeugs. Unterdrücktes Lachen in der Parterrewohnung. Nicht zu verstehendes Gemurmel der Nachbarn. Plötzlich verstummen die Stimmen. Der Himmel kommt näher. Der graue, bleierne Himmel. Gian erinnert sich, wie er als Kind etwas Ähnliches erlebt hat: Er steht in der warmen Stube am Fenster. Draussen schneit es. Wenn er lange genug in die fallenden Schneeflocken schaut, bewegt sich das ganze Haus mit ihm nach oben. Immer weiter und weiter, schneller und schneller.

Plötzlich *a Blitz und an uhhuara Klapf!* Das vorhergesagte Unwetter ist da. Wasser fliesst der Strasse entlang *durab*, dorthin, wo die Fische vor einem Tag verschwunden sind.

BALKON 3

Einen Tag später. Es hat aufgetan. Die Temperatur ist unter zehn Grad gesunken. Die Bergspitzen leuchten weiss.

Am Vormittag ist Gian mit seiner Frau in die Stadt gefahren. «Füf vor Halbi Abfahrt!», ruft sie, ist jedoch um 08.23 Uhr immer noch im Bad. Um 08.40 Uhr lässt er sie beim Schulhaus in der Stadt für den Pilates-Kurs aussteigen.

«Musst nicht warten», sagt sie. «Gehe noch in die Stadt. Tschüss!»

Gian fährt hinunter zum Fluss und läuft eine Stunde lang dem Rhein entlang. Der Weg ist nass vom Regen.

BALKON 4

17.28 Uhr. Die Sonne scheint Gian seit geraumer Zeit direkt ins Gesicht. Die Nachbarin über ihm hat vor sechzehn Jahren, zusammen mit ihrem Mann, gegen Westen eine Sonnenstore anbringen lassen. Damals, als er noch lebte. Kurz vor seinem Tod hat Gian ihn im Lift getroffen. Freundlich, fast liebevoll, hat er sich nach seinem Befinden erkundigt. Als sich Gian im zweiten Stock verabschiedet, hebt er winkend die Hand. Gebeugt und ausgezerrt von der Krebserkrankung, aber mit leuchtenden Augen.

Gians Gesicht spiegelt sich, von der untergehenden Sonne beschienen, in dem im Schatten liegenden Bildschirm des Laptops. Er ist überrascht, wie sympathisch der Mann mit dem weissen Kinnbart wirkt. Er möchte ihn aufmuntern, ihm sagen, dass vielleicht doch noch Hoffnung besteht. Dass etwas wird aus dem, was er schreibt, zu schreiben versucht. Bevor er die richtigen Worte findet, verschwindet das Bild im Schatten der untergehenden Sonne.

BALKON 5

Nachmittag. Regnerisch, leichter Wind. Der Verkehr vor dem Haus wird durch weisse Streifen und bauliche Massnahmen verlangsamt. Wer zuerst kommt, kann durchfahren, der andere muss warten. Schulkinder laufen über den Fussgängerstreifen. Ein Mann mit einem Velo-Anhänger radelt vorbei. Ein Erntemaschinen-Traktor donnert in die Gegenrichtung. Ein Bub überholt mit seinem Töffli eine Frau auf einem roten Velo. Dann Stille. Der Wind rauscht. Es ist kühl geworden. Gian geht ins Schlafzimmer, schlüpft in die Trainerhosen und zieht den Faserpelz über.

BALKON 6

Gian schreibt entspannt, was ihm gerade so einfällt.

Morgens um halb sieben hat er die Zeitungen vor dem Hauseingang gestapelt. Vierzehn straff geschnürte, schwere Bündel. So viel, weil sie nur vier Mal im Jahr von den Schülern gesammelt werden.

Um halb acht Uhr fährt er mit dem Lift in den Keller. Der Monteur ist bereits an der Arbeit. Der Kartenleser in der vorderen Waschküche muss nach rechts versetzt werden, damit die kleineren Frauen besser herankommen, die neue Waschmaschine, die neben dem alten Tumbler in Waschküche eins steht, kommt zum neuen Tumbler in Waschküche zwei.

Schlank, gross und selbstbewusst erledigt der junge Mann seine Arbeit. Der Chef lässt ihn alleine machen; seine Augen leuchten vor Stolz.

11.45 Uhr. Plötzlich wird Gian müde. Er schliesst kurz die Augen, und als er sie wieder öffnet, bemerkt er, dass das Einfamilienhaus gegenüber kleiner und die Strasse breiter geworden ist. Der Berg ist nach hinten gerutscht. Alle Geräusche sind verstummt. Sogar der Wind hat angehalten. Gian schiebt den Stuhl nach hinten, steht auf und geht in die Küche. Während der Kaffee in die Tasse fliesst, gibt er etwas Rahm und einen Teelöffel braunen Zucker dazu. Plötzlich hört er das dumpfe Gedröhne einer Schiffs-sirene. Er eilt auf den Balkon und beugt sich über die Reling ... Der Berg, die Einfamilienhäuser, die Strasse – alles verschwunden. Vor ihm, soweit das Auge reicht, nur noch Wasser ... Ein endloses Meer ...

Verwirrt stolpert Gian zurück in die Küche ... Und bleibt mit offenem Mund stehen. Der Raum hat sich enorm vergrössert. Mindestens zehn Köche hantieren an riesigen Kochinseln. Mehrere asiatisch aussehende Frauen balancieren mit Esswaren gefüllte Teller zum Speisesaal im Hintergrund.

«Go away!», zischt eine und schiebt ihn ungeduldig zur Seite.

«Suchst du etwas?», schreit der Koch am ersten Herd mit verschwitztem Gesicht. «Wenn nicht, dann verschwinde!»

Erschrocken weicht Gian zurück, tastet nach der Balkontür, greift ins Leere und fällt rückwärts auf die Schiffsplanken. Er rappelt sich hoch, macht ein paar Schritte, schwankt ... Ihm ist übel, er kann nicht mehr denken ... Dann verliert er das Bewusstsein.

Irgendwann später: Gian öffnet die Augen. Was er sieht und hört, kommt ihm bekannt vor: Das Büchergestell neben dem Fenster, das Bild an der Wand, die Gitarre, angelehnt an den beigen Schaukelstuhl und seitlich an der Wand die grosse Bahnhofsuhr mit den römischen Ziffern ... Das leises Ticken, wenn der rote Zeiger eine Sekunde weiter springt.

Über seinem Kopf hängt ein Bild. Mit Acryl auf Leinwand gemalt. Starke Farben, wilde, dynamische Formen, fremdartige Figuren. Hinter all den Zeichen und Symbolen brennt ein tiefes Rot. Ein Meter auf einen Meter. Ein gutes Format, denkt Gian. Neutral. Weder schiesst es in die Höhe, noch zieht es das Auge des Betrachters in die Breite. Die Botschaft des Bildes ist ohnehin herausfordernd genug.

Gian hat das Bild vor dreissig Jahren gemalt, und solange hat es auch in jeder seiner Wohnungen gehangen. Fast sechzehn Jahre in der jetzigen. In dieser Zeit haben ihm, soviel er mitbekommen hat, nur zwei Personen bewusst ihre Aufmerksamkeit geschenkt: Ein junger Künstler aus der Verwandtschaft bei einem Weihnachtsessen und Gians dreijährige Enkelin.

Wenn jemand nach der Bedeutung all der Farben und Formen gefragt hätte – was nie geschehen ist – hätte Gian erklärt, dass das Bild sein Innenleben zur Zeit der Entstehung im Jahr 1992 zeigt: Der rote Hintergrund, die Pfeile, die Dynamik versinnbildlichen das Feuer, das in ihm gebrannt, ihn umgetrieben, ihm keine Ruhe gelassen hat. Das Blau, die weichen Formen stehen für Glaube, Liebe, Hoffnung, Suche nach Wahrheit – Himmelsfarben. Niemand ahnt, wie oft in ihm Blau gegen Rot gekämpft, wie oft Blau verloren hat und immer noch verliert.

Gian wälzt sich aus dem Bett, stellt sich auf die elektronische Waage, läuft mit dem Badetuch um die Hüften durchs Wohnzimmer zur Dusche, wirft einen kurzen Blick über den Balkon auf die Strasse hinunter und ist beruhigt. Die Einfamilienhäuser, die Berge ... Alles am gewohnten Platz.

Er duscht ausgiebig, zieht sich an und begibt sich in die Küche. Morgenessen: Ein weiches Ei, ein paar Scheiben Brot mit Butter und Konfitüre, Käse und eine grosse Tasse Orangenblütentee.

Während er isst, hört er plötzlich das Miauen einer Katze. In Gedanken versunken steht er auf, öffnet den Vorratsschrank und stellt verwundert fest, dass das Futter ausgegangen ist. Eine Sekunde später fällt ihm ein, dass er seine Katze vor bald zwei Jahren zum Tierarzt gebracht hat. Schnell war klar, weshalb sie seit Wochen kaum noch Futter zu sich nimmt: Eine schmerzhafte offene Wunde unter der Zunge, ein Karzinom, wie oft bei älteren Katzen, meint der Tierarzt. Nichts mehr zu machen. Gian hält und streichelt ihr weiches Fell, bis die Spritze wirkt.

Ob er ein Andenken wolle? Nein, will er nicht. Während er am Empfang die Rechnung bezahlt, kommt der Tierarzt mit einem blauen Plastiksack in der Hand aus der Praxis. Gian schaut ihm nach, wie er mit seiner toten Katze den langen Gang entlang läuft, eine Tür öffnet und verschwindet.

BALKON 7

Sonntagnachmittag. Mit lautem Knattern fährt ein Quad die Strasse hinauf, gefolgt von einem weissen Opel mit der Aufschrift SPITEX. Gian erinnert sich an die Zeit nach der OP ... Einen Monat lang ist jeden Tag eine Fachfrau vorbeigekommen, hat ihm eine Spritze in den Oberarm gegeben und die Verbände an den Beinen erneuert. In dreissig Tagen zwölf verschiedene Frauen.

Der Sohn der Witwe über ihm ist gerade auf den Parkplatz gefahren. Er steigt aus und öffnet die Heckklappe. Seine Begleiterin, eine freundliche junge Chinesin, hebt die Hand und winkt.

Der neue Nachbar im Parterre fährt mit dem Velo vorbei. Wie meist, trägt er ein kariertes Hemd, diesmal in Grün. Gian fragt sich, wie er zu einer so jungen Frau gekommen ist.

Gianna steht mit einer Nachbarin auf dem Rasen und klagt, dass sie bereits wieder dreihundert Überstunden habe. Das Gespräch erinnert Gian an eine Szene in seiner Kindheit: Es ist Sommer und früh am Morgen. Gian liegt noch im Bett. Die Sonne scheint hell ins Zimmer. Er hört, wie sich seine Mutter beim Holzschopf unterm Haus mit der Nachbarin übers Wetter unterhält. Der Klang der beiden vertrauten Stimmen, zusammen mit dem Plätschern vom *klina Brünnali* neben dem Stall, erinnert Gian an eine Zeit, die er gerne noch einmal erleben würde.

BALKON 8

Im Moment ist es ruhig. Kaum Autos, wunderschönes Wetter, fünfundzwanzig Grad. Eine Biene schwirrt um seinen Kopf, fliegt über die Tastatur und landet auf dem Rand der Kaffeetasse. Gian lässt den Blick hinauf zu den Bergen schweifen. Dann nach links über den Wald und wieder hinunter auf die Strasse ...

Erstaunt nimmt er wahr, dass man Bäume gepflanzt hat. Er beugt sich über's Balkongeländer. Der Verkehr wird – wie schon der Fluss vor ein paar Tagen – oben bei der Abbiegung zum Golfplatz und unten beim kleinen Kreisel gegen Norden, umgeleitet. Wieder erstaunt ihn die Ruhe, mit der alles geregelt wird. Plötzlich sind die Bäume so gross, dass er, wenn er sich streckt, die Blätter berühren kann. Plötzlich das Wiehern eines Pferdes, ein zweites gibt Antwort. Kurz darauf tauchen mehrere Reiter auf. Und was für welche! Es sieht aus, als ob sie sich auf dem Weg zu einer Schlacht um Jahrhunderte verirrt hätten. Hellebarden, Schwerter. Behaarte Gesichter. Dunkle Augen voller Hass auf einen Feind, den Gian nicht kennt, nicht kennen kann. Der erste Reiter erblickt ihn auf dem Balkon. Er hebt die Hand, die Reiterkolonne hält an, wild schnauben die Pferde.

«Gott zum Gruss», ruft er in einem seltsam altertümlich anzuhörenden Dialekt.

«Hallo zusammen! Wohin des Wegs?», ruft Gian bewusst laut zurück.

«Von Zuoz ins Münstertal, die Habsburger vertreiben, die vermaledeiten Schweine! – Wo sind wir hier?»

Gian schüttelt bedauernd den Kopf.

«Ihr seid weit vom Weg abgekommen. Falls ihr an der Calven-Schlacht teilnehmen wollt, so seid ihr über fünfhundert Jahre in die Zukunft geritten ...»

«Was sagt er da? Will er uns verwirren! Ist er gar ein Feind, ein Österreicher?!», schreit der erste Reiter.

Dann: «Los, tötet ihn!»

Der zweite Reiter zieht einen Pfeil aus dem Köcher und hebt die Armbrust ...

Erschrocken weicht Gian zurück, lässt sich zu Boden fallen, kriecht auf allen Vieren in die Küche und schlägt die Tür zu ...

Eine Sekunde später durchschlägt ein Pfeil die Scheibe. Glassplitter verletzen sein Gesicht.

«Verdammte Idioten!»

Gian, rappelt sich hoch, torkelt zurück auf den Balkon, beugt sich zu den Angreifern hinunter und brüllt: «Ich bin kein Österreicher, ihr Arschlöcher! Verschwindet, geht zurück, wo ihr hingehört!»

Der nächste Pfeil verfehlt ihn um Haaresbreite und bleibt in der hölzernen Wand über dem Balkontisch stecken. Gian, jetzt völlig ausser sich vor Wut, ergreift einen Stein, den er vor Jahren bei einem Rheinausflug erbeutet hat, und wirft ihn mit aller Kraft hinunter auf den Angreifer. Der Stein verfehlt den Schützen, trifft jedoch sein Pferd. Es erschrickt, schlägt aus, und der Reiter fliegt – zusammen mit seiner Armbrust – in hohem Bogen durch die Luft. Beim Aufprall am Boden löst sich der Pfeil, schiesst nach oben und durchbohrt den Hals des ersten Reiters. Röchelnd fällt er vom Pferd. Sein Blut vermischt sich mit dem Staub der

Strasse ... Schreie, Flüche, Verwünschungen seiner Kameraden ...

«Weisst du, wen du gerade getötet hast?», schreit der Schütze entsetzt.

«Lass ihn Kamerad», röchelt Benedikt Fontana zu seinen Füssen. «Ich bin nur EIN Mann, achtet meiner nicht; heute noch Bündner und die Bünde oder nimmermehr!»

«Erklären kann ich das nicht!», murmelt Gian schuldbewusst, als seine Frau nach Hause kommt.

Er weiss, dass sie ihm die Geschichte niemals abnehmen wird. Er zeigt ihr den Pfeil, doch sie beachtet ihn nicht.

«Du weisst, dass ich dir alles zutraue!», keift sie mit düsterem Blick auf die zerbrochene Scheibe. Das wird teuer, ich hoffe nur, dass die Versicherung zahlt!»

Gian schweigt, ist froh, dass sie die Verletzungen in seinem Gesicht nicht sieht, das Blut im Staub auf der Strasse unter den grossen Bäumen ...

«Ich habe gedacht, die Tür ist offen ...», murmelt er.

«Du hast Glück gehabt, dass du dich nicht verletzt hast! – Das Ganze erinnert mich an deine Glanztat mit dem Bambus!»

Gian weiss, auf was sie anspielt. Doch wenn sie wüsste, was diesmal geschehen ist, würde sie den Bambus für immer vergessen.

Der Fall Bambus: Vor Jahren gab es auf dem Balkon von Gian und Rahel zwei grosse Töpfe mit Bambuspflanzen. Sie wuchsen und wuchsen, dienten als Sichtschutz gegen die Strasse, wurden über den Winter etwas braun, erholten sich aber jeden Frühling und grünten und grünten. Irgendwann einmal – Rahel war ausser Haus – hatte Gian sich eine gute Mahlzeit zubereitet und sich nach dem Essen mit Kaffee und Zigarre auf den Balkon begeben.

Er fühlte sich ausserordentlich wohl, genoss das schöne Wetter, das feine Aroma der Havanna. Wie er so in Gedanken versunken das Leben genoss, blieb sein Blick an einem der grossen Töpfe hängen. Ihm fiel auf, dass die grünen Stängel und die länglichen grünen Blätter von vielen braunen durchsetzt waren. Das erinnerte ihn an seine Kindheit auf dem Bauernhof. Im Frühling, kurz nachdem der Schnee weg war und noch bevor *gruhmat* wurde, zündeten die Bauern manchmal das dörre Gras an den *Pörtern* an. Auf den ausgebrannten, schwarzen Flecken wuchs dann jeweils schon nach ein paar Tagen neues Gras.

Im Nachhinein musste Gian zugeben, dass seine Überlegung, dass, wenn er die dörren Blätter in Brand setzte, die grünen unbehelligt von den Flammen stehen bleiben würden, falsch war. Ohne daran zu denken, was wäre, wenn sein Experiment schiefginge, nahm er das Feuerzeug und hielt die Flamme an die braunen Blätter. Was dann geschah, überraschte ihn völlig. Die Blätter entflammten im Nu, gaben das Feuer – entgegen seiner Erwartung – sofort an die grünen weiter, und innert Sekunden stand der ganze Strauch in Flammen. Gleichzeitig entwickelte sich ein gewaltiger Rauch. Der Wind blies von Norden, übernahm freudig, was seinen Weg kreuzte, und schon trieb eine lange dunkle Rauchwolke die Strasse hinauf.

Gian war sofort klar, dass nichts mehr zu machen war. Er wartete, bis das Feuer erloschen war, holte eine grosse Schere, schnitt die verkohlten Stängel bis auf eine Handbreit zurück und stopfte sie in den Abfallsack. Was ihn danach nicht wenig beunruhigte, war der Gedanke an die Reaktion seiner Frau.

Und dann ist es soweit: Sie öffnet die Tür, riecht Verbranntes, stürmt, Schlimmes ahnend, auf den Balkon und, wie von Gian nicht anders erwartet, gibt es eine enorme – typisch weibliche – Überreaktion: Entsetztes Geschrei, Vorwürfe und, was Gian besonders trifft: Sie hat nicht das geringste Verständnis für den genialen Gedanken hinter seinem gescheiterten Experiment.

Und jetzt die zerbrochene Scheibe, der Pfeil in der Wand ... Gian versteht, dass Rahel die Vorstellungskraft fehlt um zu verstehen, was abgelaufen ist.

«Das ist aber schnell gegangen», meint sie am nächsten Tag beim Morgenessen.

«Was ist schnell gegangen?»

«Das mit der Balkontür ...»

«Ah ja, murmelt Gian. Weisst du, kaum warst du weg, ist der Glaser aufgetaucht, rein zufällig. Er sagte, er war gerade in der Gegend und hat gesehen, wie ein altertümlich gekleideter Mann mit einer Armbrust ...»

«Stopp!», schreit sie. «Hör endlich auf mit diesen dubiosen Geschichten!»

«Ok, ok, beruhige dich ... Also, ehrlich gesagt, ich kann es mir auch nicht erklären. Ich bin heute um fünf Uhr aufgestanden, und da war die Tür wieder ganz ...»

«War die Tür wieder ganz? Einfach so? Das Glas ist von selbst wieder zurück in den Türrahmen gesprungen, so, wie wenn man ein Video rückwärts laufen lässt?»

«Ja, genau so könnte es gewesen sein! Das wäre eine plausible Erklärung!»

«Eine plausible Erklärung? Ach Gian, ich geb's auf.»

Kopfschüttelnd verschwindet Rahel im Bad. Nach zehn Minuten ist sie bereit für die Arbeit. Bevor Gian aufstehen und sich – wie üblich mit einem Kuss – verabschieden kann, fällt die Tür ins Schloss.

Gian räumt den Tisch ab, füllt den Geschirrspüler und schaltet die Kaffeemaschine ein.

«Wie üblich?», fragt Tschiba und lässt die betreffende Taste ein paar Mal aufleuchten.

«Nein, heute brauche ich einen Espresso, einen doppelten ...», murmelt Gian erschöpft.

«Ok, dann empfehle ich die Tasse mit dem Tigermuster», antwortet die Maschine.

«Wie du meinst.»

Gian, holt die Tasse aus dem Schrank und stellt sie unter den Auslauf.

«Der Espresso ist bereit! Ich würde etwas Zucker ...»

«Schweig!», ruft Gian genervt und kippt den Stromschalter auf OFF.

«Bis zum nächsten Mal», schnarrt Tschiba mit letzter Kraft und ist nur noch tote Materie.

Wobei, überlegt Gian, genau genommen gibt es – wie die Quantenphysik beweist – keine tote Materie. In jedem Stein, in Eisenerz, Gold, Silber, Edelsteinen, in Pflanzen, Bäumen usw. gibt es geheimnisvolles Leben in Form von sogenannten Elementarteilchen, die sich bewegen, schwingen und sogar durch Gedanken beeinflusst werden können. Was vermuten lässt, dass durch eine unsichtbare Verbindung zwischen allem, was im Physischen existiert, ein Informations-Austausch stattfindet.

BALKON 9

Ein Flugzeug donnert durch den blauen Himmel. Die Sonnenstore flattert und klappert im Wind. Gian sieht die leicht verschmutzten weissen Tasten auf seinem kleinen Laptop, empfindet, nimmt wahr ..., horcht in sich hinein und stellt fest, dass der Bauch im Moment seine Mitte ist. Seine Finger berühren die Tasten, kreieren Worte und Sätze. Erfolglos versucht er zu lokalisieren, woher die Impulse kommen.

Der Wind ist stärker geworden. Gian steht auf und kurbelt die Sonnenstore zurück ... Ein dunkelrot verfärbter Himmel wird sichtbar, verursacht durch einen gewaltigen Sandsturm ... Langsam kämpfen sich mehrere Fahrzeuge durch die wellenartigen Erhebungen. Ein Auto bleibt im Sand stecken. Die Räder drehen durch ... Rundum bildet sich ein Trichter ... Bald ist nur noch das Dach sichtbar. Der Mann, der darauf steht, winkt und rudert mit den Armen, doch ihn hört niemand. Zu laut ist das Heulen des Windes.

Auch Gian ist jetzt mitten drin. Mit geschlossenen Augen steht er, auf's Balkongeländer gestützt, im Wind. Geniesst die spitzen Stiche der Sandkörner, die sein Gesicht massieren.

Dann, plötzlich, gespenstige Stille. Vorsichtig öffnet Gian die Augen. Meterhoch Sand bedeckt die Strasse. Menschen graben mit blossen Händen ihre Fahrzeuge aus. Auch der Stadtbus steckt fest. Die Leute klettern aus den Fenstern. Muss wohl ein katholischer Feiertag sein, sonst wäre der Bus durchs Dorf gefahren, murmelt Gian vor sich hin. Er geht in die Küche und schaltet das Radio an. Musik, Corona-Nachrichten, wieder Musik. Kein Wort über den Sandsturm. Achselzuckend holt er Besen und Schaufel, wischt sorgfältig den Sand auf dem Balkon zusammen, füllt ihn in einen Abfallsack und steigt in den Lift, um das verräterische Zeugs in den Dünen vor dem Haus zu entsorgen. Als er die Haustür öffnet, kommt ihm Paul entgegen.

«Unglaublich dieser Sandsturm! So etwas habe ich noch nie erlebt, der ganze Balkon war voll!»

«Sandsturm?», antwortet der Nachbar befremdet und blickt verwundert in Gians leeren Abfallsack.

BALKON 10

Freitag, 08.35 Uhr. Zum Haus der acht Eigentümer gehören zwei Parkplätze. Vor jedem steht eine Tafel mit der Aufschrift *Privat*, was den jungen bärtigen Gärtner nicht abgehalten hat, sein Auto quer darüber zu parken. Mit gebräuntem Oberkörper schneidet er mit der benzinbetriebenen Heckenschere den Haag des Nachbarhauses. Bis gegen Mittag dauert die *Canera*.

Der Gärtner lädt jetzt den Schnitt der Nachbarbäume auf den Anhänger und arbeitet mit dem Laubbläser weiter. Sieht aus, als ob er bald fertig ist. Was gut wäre, weil Elvis jeweils gegen Mittag mit dem Geschäftsauto nach Hause kommt und erwartet, dass ein Parkplatz frei ist.

In der Küche läuft das Radio, vielleicht auch DER Radio. Je nachdem ob – laut Duden – die Hardware oder der Rundfunk an sich gemeint ist.

Ausserordentliche Vorkommnisse scheint es heute keine zu geben. Die Strasse bleibt die Strasse, die Einfamilienhäuser gegenüber stehen unverändert an ihrem Platz, aus dem Radio erklingt ABBAS Waterloo ...

Zeit für's Mittagessen. Gian spürt beim Aufstehen schmerzhaft die Vergänglichkeit seines Körpers. Er hebt den rechten Fuss über die metallene Kante der Balkontür und steht in der Küche ...

«Suchst du etwas?», ruft der Chefkoch ärgerlich. «Wenn nicht, dann verschwinde!»

«Go away!», zischt auch, wie schon beim ersten Mal, dieselbe asiatisch aussehende Frau und eilt mit mehreren gefüllten Tellern zum Speisesaal. Gian zögert, weicht diesmal jedoch nicht zurück.

«Was zum Teufel macht ihr in meiner Küche?», ruft er stattdessen mutig.

«In deiner Küche? Hast wohl nicht alle Tassen im Schrank!»

Der Koch kommt mit rot angelaufenem Gesicht auf ihn zu, bleibt dicht vor ihm stehen und stemmt beide Fäuste in die Hüften.

«Als Passagier hast du in der Küche nichts verloren! Also los, verschwinde!»

«Passagier? Auf welchem Schiff denn?», fragt Gian neugierig. Der Koch dreht sich zu seiner Mannschaft um und ruft: «Der hier weiss nicht einmal, auf welchem Schiff er übers Meer fährt!»

Um die zehn Köche aus verschiedenen Nationen brechen in schallendes Gelächter aus. Das ist dann doch zuviel für Gian. Er weicht zurück, stösst mit dem Rücken an die Reeling, verliert das Gleichgewicht und fällt mit einem Aufschrei hinunter in den Pool auf dem Zwischendeck. Als er auftaucht, wird er von zwei Badegästen an den Armen gepackt und aus dem Wasser gezogen. Schwer atmend liegt er auf den hölzernen Schiffsplanken. Ein Steward kommt mit einem grossen Badetuch angelaufen.

«Sir, ich bringe sie in ihre Kabine, dort können sie duschen und trockene Kleider anziehen.»

«Meine Kabine ...», stammelt Gian. «Ich habe keine Kabine ... Ich war zu Hause auf dem Balkon ... Dann war ich plötzlich auf diesem Schiff ...»

«Sie sind vom Oberdeck mehrere Meter in den Pool hinuntergefallen, da kann man schon kurzzeitig das Gedächtnis verlieren. Vielleicht erkennt sie einer der Passagiere ...» Der Steward hilft Gian auf die Beine und ruft: «Kennt jemand diesen Mann hier?»

Eine Weile ist es still. Doch dann ertönt eine Stimme: «Onkel Gian! Onkel Gian!»

«Also doch», sagt der Steward. «Die junge Frau dort oben ist ihre Nichte. Kommen sie, sie kennt sicher ihre Kabinen-Nummer.»

BALKON III

Magisch

Beim Kochen verliert Gian kurz die Nerven. Grundlos, wie Rahel meint. Sie weiss ja nicht, dass er vor Kurzem noch auf einem grossen Schiff war, dort mehrere Meter tief in einen Pool gefallen ist und ihn eine junge Frau, die ihn Onkel Gian nannte, in eine Kabine begleitete, in der sein Koffer auf dem Bett lag.

Zum Glück läutet ihre Schwester an. So ist Gian allein und kann sich mit Schreiben wieder einklinken. In was? In seine innere Welt. Zum ersten Mal traut er sich zu schreiben, wohin seine Fantasie ihn führt. Ohne einen Gedanken an eventuelle zukünftige Leser, die keinen Zugang zu seiner Welt haben.

BALKON 1

Dreissig Grad. In der Ferne das Geräusch einer Motorsäge. Herbstanfang. Die schönste Jahreszeit für Gian. Schon als Kind.

Ein silberfarbener Audi fährt vorbei. Ein Mädchen flitzt mit etwas, das früher *Trottinet* genannt wurde, unter dem Haag hindurch. Weil die Stauden noch nicht geschnitten sind, sieht er nur den Kopf und lange, hellbraune Haare.

Während Gian schreibt, denkt er an seine Nichte auf dem Schiff. Auf dem Weg durch die langen Korridore hat sie sich verhalten, als ob sie alles von ihm wüsste, dann in der Kabine seinen Koffer geöffnet und ihm trockene Kleider herausgesucht. Kleider, die eigentlich im Schlafzimmerschrank in seiner Wohnung sein sollten.

Ein Bedürfnis nach Kaffee treibt Gian in die Küche ...

Dort steht ein Mann ... Bart, schwarze Augen ... Schwert an der Hüfte, Dolch im Wams ...

«Benedikt? Was machst du hier?», ruft Gian entsetzt. «Hast du nicht vor ein paar Tagen einen Pfeil in den Hals gekriegt? Ich habe gedacht, du bist tot!»

Benedikt Fontana schaut ihn sinnend an, dann kommen romanisch klingende Worte aus seinem Mund, die Gian nur dem Sinn nach versteht.

«Dass du kein Österreicher bist, sehe ich jetzt klar und deutlich», sagt er ruhig. Dann zeigt er auf die Kaffeemaschine: «Was ist das für ein Ding?»

«Das ist Tschiba, meine Kaffeemaschine.»

Gian, kippt den Stromschalter auf ON und tippt auf den Startknopf. Mit lautem Knurren läuft das Start-Programm ab. Benedikt erschrickt und greift zum Dolch. Gian beschwichtigt ihn mit einer Handbewegung, holt eine Tasse aus dem Schrank und stellt sie unter den Auslauf.

«Das ist nur eine Maschine, Benedikt, eine Kaffeemaschine! Eines der vielen Dinge, die wir in den fünfhundert Jahren seit deiner Zeit erfunden haben.»

Benedikt schaut drein, als ob er nächstens den Verstand verlieren würde. Fünfhundert Jahre in der Zukunft, wie soll er das verkraften?

Während Gian den Rahm aus dem Kühlschrank holt, wandern Benedikts Blicke angstvoll zwischen den beiden unbekannten Geräten, deren Funktion, Sinn und Zweck er in keiner Weise einordnen kann, hin und her. Wilde Gedanken bemächtigen sich seiner: Teufelswerk, Hexenmagie! Feinde! – Wieder zieht er den Dolch.

Gian erkennt seinen Zustand, hält ihm jedoch unge-
rührt die gefüllte Tasse vor die Nase und macht eine
auffordernde Trinkbewegung. Nach einigem Zögern
greift Benedikt zu.

«Kaffee! – Trinken!», sagt Gian in einem Ton, als ob
er mit einem störrischen Kind reden würde. Der Calvenheld schwankt zwischen Angst und Neugier. Doch
dann gewinnt die Neugier. Er führt die Tasse an die
Lippen, schmeckt, nimmt einen kleinen Schluck, einen
zweiten ...

«Gut, nicht?», fragt Gian erwartungsvoll.

«Gut! Gut! – Kein Teufelswerk! Gut!», lacht Benedikt mit irrem Blick und steckt den Dolch weg.

«Da bin ich aber froh, Benedikt, Komm, leg auch
dein Schwert ab, das brauchst du hier nicht. Setz dich
zu mir auf den Balkon. Lass uns reden. Ich denke, wir
haben uns viel zu erzählen. Fünfhundert Jahre oder
mehr, darüber könnte man tausend Bücher schreiben.»

BALKON 2

Donnerstag, 10.34 Uhr. Gian beschäftigt sich mit
Hermann Hesses Siddharta. Der Weg zu sich selbst
jenseits jeder Lehre, Religion oder Zugehörigkeit zu
irgendeiner Gruppe. Kein Meister, kein Vorbild, kein
wie auch immer gearteter, vorgezeichneter Weg ...
Ausser dem, den die innere Stimme ihm vorgibt ... Damit kann er sich identifizieren.

Der Wind zerrt an der Sonnenstore, zwei Buben
flitzen auf einem Scooter vorbei.

Ein grosser gelber Tank-Lastwagen hält vor dem Haus. Zwei Arbeiter in orangen Overalls öffnen den Schachtdeckel, stecken einen Schlauch hinein. Ein paar Minutenlang hört man Sauggeräusche ... Dann wird der Schlauch wird herausgezogen, verstaut und der Lastwagen fährt weiter.

Nach dem Laufen am Rhein trifft Gian auf dem Rückweg zum Auto auf die Strassenbau-Arbeiterin. Die junge Frau kniet im orangen Berufstenue, mit einer Zigarette in der Hand, auf dem frisch geteerten Trottoir. Lange schwarze Haare bis Mitte Rücken fliessen unter dem weissen Sicherheitshelm hervor. Sie fährt mit Baumaschinen, trägt Bretter und Steine herum, schaufelt Erde und glättet heissen Teer. Selbstbewusst, ja stolz, erledigt sie ihren Job. Den männlichen Kollegen gleichwertig. Auch im Winter.

Benedikt ist nicht sehr gesprächig. Stumm starrt er, seinen schwarzen Bart kraulend, vor sich hin.

«Wie ist es dir gelungen, so weit in die Zukunft zu reisen, Benedikt?», fragt Gian nach einer Weile.

«Hast du eine Erklärung dafür?»

Benedikt schüttelt den Kopf.

«Du hast keine Ahnung? Kannst du mir wenigstens beschreiben, was davor passiert ist? Wo du warst, was du gemacht hast?»

«Ich bin gestorben, dort unten, da waren Bäume und eine Strasse. Und du warst hier auf diesem Balkon. Ich gab den Befehl, dich zu töten, weil ich glaubte, du seiest ein verdammter Habsburger. Dann hast du diesen Stein dort geworfen und das Pferd meines

Armbrustschützen getroffen. Sein Pfeil hat mich in den Hals getroffen ...»

«Benedikt, du bist im Mai 1499 bei der Schlacht an der Calven gestorben und sollst, laut den Geschichtsbüchern, gerufen haben: Frisch auf meine Jungen, ich bin nur EIN Mann, achtet meiner nicht; heute noch Bündner und die Bünde oder nimmermehr!»

«Eure Geschichtsbücher!», lacht Benedikt kurz und bitter. Die enthalten, wie der Name schon sagt, vor allem Geschichten. Vieles hat man zu dem, was geschehen ist, dazugedichtet. Wahr ist, dass wir beim Sturm auf die Letzi beinahe gescheitert wären, weil das nächtliche Umgehungsmanöver über den Berg nicht ganz so ablief wie gehofft. Ein Teil unserer Leute verirrte sich. Trotzdem gelang es ihnen noch, zur Marengobrücke vorzustossen. Doch dann bekamen die Feinde Unterstützung von den Tirolern. Es gelang uns nicht, die Brücke einzunehmen. Als ich erkannte, dass der Angriff von hinten auf die Letzi nicht erfolgen würde, bedrängte ich den Oberst, sofort anzugreifen. Trotz grosser Verluste habe ich, entgegen dem, was in euren Geschichtsbüchern steht – wenn auch schwer verletzt – überlebt. Unser Oberst war es, der den Orden verdient hätte. Als er mich fallen sah, wusste er, dass es nur noch an ihm lag. Er war es, der unseren Bündnern zuschrie: Frestgamaint avavant, mies mats! Oz Grischun e las Leias u mai ple! Wahrscheinlich hat einer unserer Leute diesen Ruf gehört und ihn irrtümlich mir zugeschrieben. Nachdem wir gesiegt hatten, schritten ein paar unserer Männer über das Schlachtfeld und erlösten die noch lebenden Schwerverletzen von ihren Leiden. Ich sah bereits das Schwert über mir, doch dann hörte ich den Ruf: Unser Hauptmann! Man band mich auf ein Pferd, ich wurde ohnmächtig. In Müstair mussten sie mich zurücklassen, weil ich den weiteren Transport nicht überlebt hätte. Ich wurde im Kloster vor Maximilians Schergen versteckt und von den Nonnen gesund gepflegt. Wochen-, ja monatelang haben sie für mich gebetet. Wie du siehst, hat Gott sie erhört.»

Benedikt schnürt sein Wams auf, zeigt Gian seine von wüsten Narben entstellte Brust und fährt dann fort: «Als ich nach einem halben Jahr wieder gehen konnte, war ich nicht mehr derselbe. Die Erinnerung an die Schlacht, an die vielen Toten, die furchtbaren Schreie der Verletzten und Sterbenden, die in ihrem Blut lagen ... Ich konnte nicht mehr schlafen ... Und wenn ich einschlief, war ich im Traum wieder in der Schlacht. Ich tötete, verstümmelte, stach nieder ... Es war wie ein Rausch ...

Unsere Männer haben das ganze obere Etschtal bis nach Schlanders hinunter geplündert, die Dörfer niedergebrannt und alle männlichen Bewohner über zwölf Jahre abgeschlachtet.

Die Rache der Tiroler war furchtbar. An die vierzig unserer Leute wurden gefangen genommen und zu Tode gefoltert.

Ich sehe heute noch die Gesichter meiner Männer, die im Kampf gefallen sind. Der grösste Teil junge Burschen, kaum zwanzig. Um die zweitausend von ihnen haben wir verloren ... Sie haben ihr Leben für Bünden gegeben. Doch wie ich sehe, hat sich unser Opfer gelohnt. Oder lebst du nicht immer noch in dem Bünden, das wir damals verteidigt haben, Gian?»

«Auf jeden Fall hat sich euer Opfer gelohnt! Euer Sieg an der Calven war die Geburt des heutigen Graubünden. Einer der sechsundzwanzig Kantone der Schweiz. Du bist als Nationalheld in die Geschichtsbücher eingegangen, Benedikt.»

Benedikt starrt mit entrücktem Blick hinauf zum Dreibündenstein, streicht sich über seinen schwarzen Bart, rückt sein Wams zurecht und beginnt zu Gians Erstaunen mit leiser Stimme zu singen:

Cara lingua da la mama,
tü sonor rumants ladin,
tü favella dutscha, lamma,
o co t'am eu sainza fin ...

Gian hat im Internet gelesen, dass Benedikt um das Jahr 1450 in Salouf, im Oberhalbstein, geboren wurde und als bischöflicher Vogt auf der Burg Riom gelebt hat. Wie kommt er also dazu, ein Lied zu singen, das mehr als vierhundert Jahre später entstanden ist? Und dazu noch in einem für ihn fremden Romanisch?

Nachdem er geendet hat, wischt sich Benedikt eine Träne aus den Augen ...

«Du fragst dich sicher, weshalb ich dieses Lied kenne und in einem meiner Herkunft nach fremden Romanisch gesungen habe, Gian? Es ist ganz einfach. Nach meiner Genesung bin ich im Münstertal geblieben, habe mich in eine Frau verliebt und ihr zuliebe den einheimischen Dialekt gelernt.

Meine Kampfgefährten dachten wohl, ich sei meinen schweren Verletzungen erlegen und suchten nicht nach mir. Ich behielt meinen Vornamen und übernahm den Nachnamen meiner Frau. So lebe ich immer noch unerkannt in diesem Tal, das jetzt zu meiner Heimat geworden ist ...»

«Und wie ist es möglich, dass du ein Lied kennst, das vierhundert Jahre nach deiner Zeit entstanden ist?»

Benedikt faltet die Hände und schliesst die Augen. Nach ein paar Minuten beendet er seine Meditation und sagt: «Das werde ich dir vielleicht später einmal erklären, Gian. Wie ich eben erfahren habe, bist du im Moment noch nicht reif dafür.»

«Noch nicht reif? Was meinst du damit, Benedikt?»
Der Calvenheld schweigt.

«Möchtest du noch einen Kaffee?» Benedikt nickt. Gian steht auf und geht in die Küche. Als er mit dem Kaffee zurückkommt, ist sein Besucher verschwunden.

BALKON 3

Sonntag. Kuhglocken, Kinderstimmen, blendend hell scheint die Sonne. Gian sitzt auf dem Balkon am Laptop, ist aber in Gedanken noch beim Video, das er auf YouTube angeschaut hat.

Der Islam war im elften Jahrhundert technologisch viel weiter fortgeschritten als die westliche Welt, was der Kirche nicht gefiel. Kreuzritter töteten in Jerusalem, im Namen ihres christlichen Glaubens und im

Namen der katholischen Kirche, unter anderen auch tausende Zivilisten. Die verfluchten Religionen, denkt Gian. Unzählige Gräueltaten sind in ihrem Namen verübt worden, im Namen Gottes quasi. Als ob Gott in einer einzigen seeligmachenden Religion gefunden werden könnte.

Plötzlich ist es kühl geworden. Eine dunkle Wolke hat sich vor die Sonne geschoben. Ob sie wirklich hundertfünfzig Millionen Kilometer von der Erde entfernt ist?

Nicht viele Menschen stellen etwas infrage, was wissenschaftlich erwiesen ist. Dabei ist – schwarz auf weiss nachlesbar – erwiesen, dass die Distanz der Erde zur Sonne in den letzten Jahrhunderten von verschiedenen berühmten Astronomen (Kopernikus, Keppler, Newton usw.) immer wieder aufgrund neuer Erkenntnisse angepasst wurde. Kopernikus: 5.457.355 Mio., Keppler: 19 Mio., Isaac Newton: 45 oder 87 Mio. Kilometer. Wobei Newton erklärte, dass es keine Rolle spiele ob 45 oder 87 Mio. Beide Distanzen seien gleichwertig. Die höchste je *wissenschaftlich erwiesene* Distanz der Sonne zur Erde liegt bei 167 Mio. Kilometern. Heute lehrt man, dass sie um die 150 Mio. Kilometer von der Erde entfernt ist. Je nachdem wo sich die Erde in ihrer Umlaufbahn gerade befindet.

Gian sitzt mit seiner Nichte beim Morgenessen auf dem riesigen Ozeandampfer.

«Sarah, weisst du doch, Onkel Gian», maunzt sie erstaunt, als er sich nach ihrem Namen erkundigt. Danach traut er sich nicht mehr, etwas zu fragen. Fieber-

haft überlegt er, wer sie ist, und weshalb er mit einer so jungen Frau auf diesem riesigen Schiff übers Meer fährt.

«Du warst noch nie sehr gesprächig, Onkel Gian. Aber das macht nichts. Ich bin dir sehr dankbar, dass du mich nach New York mitnimmst. Denkst du wirklich, dass du mich in deiner Firma brauchen kannst? Weisst du, meine Englisch-Kenntnisse sind nicht besonders gut, ich müsste unbedingt noch ...»

«New York? Wir fahren nach New York?»

Gian fühlt, wie ihm das Blut in den Kopf schiesst. Irgendetwas läuft hier gewaltig schief. Suchend schaut er um sich. An mindestens zwanzig Tischen sitzen Leute beim Morgenessen. Links von ihm, beim Eingang zur Küche, ein langes Buffet mit Brot, Käse, Fleischwaren, Eiern, Orangensaft, Früchten ... Die Tür zur Küche geht auf, zwei Kellner jonglieren gekonnt Teller durch den Speisesaal ...

Der Chefkoch zeigt mit dem Schwingbesen auf ihn, dreht sich um neunzig Grad und richtet sein Kochinstrument in die Richtung, in der Gian seinen Balkon vermutet.

«Tut mir leid, Sarah. Ich muss gehen. Vielleicht treffen wir uns später ...», murmelt Gian, steht auf und läuft zwischen den Tischen hindurch in die Küche ...

Das Stimmengewirr im Speisesaal wird leiser und leiser ..., die Küche ist kleiner geworden ...

«Hallo Gian, hast du Lust auf einen Espresso?», ruft Tschiba und blinkt aufgeregt mit ihren Auswahltasten.

BALKON 4

Um neun Uhr fährt Gian mit seiner Frau in die Stadt. Während sie sich beim Coiffeur verwöhnen lässt, geht er laufen. Nach einer halben Stunde schmerzen die Füsse, der Rücken. Das Genick fühlt sich an, als ob er ein schweres Joch durch die Gegend getragen hätte. Ursache: Schleudertrauma. Immer noch nicht ausgeheilt. Auch nach dreizehn Jahren nicht.

Nach dem Mittagessen: «Am Briefkasten klebt ein Zettel!», ruft Rahel vom Hauseingang hinauf und läuft ins Dorf. Gian steigt in den Lift.

Ein älterer Mann mit einem Karton Erdeeren in der Hand hält ihm die Tür auf, eilt die Treppe hinauf in den ersten Stock.

Gian nimmt die Notiz vom Briefkasten. Sie stammt, wie vermutet, vom Kaminfeger. Der Termin, kurzfristig wie immer, am nächsten Morgen, 09.15 Uhr.

Er steigt zwei Treppen hinauf, schliesst die Wohnungstür ab und begibt sich auf den Balkon ...

Dort bleibt er mit offenem Mund stehen. Der Mann, der jetzt am Tisch sitzt, ist nicht Benedikt.

«Jörg ist mein Name», sagt er, steht auf und reicht Gian die Hand. Lange schwarze Haare, Schnauz, Spitzbart, mittelalterlich gewandet. Gian kennt ihn aus einem Buch. Inzwischen daran gewöhnt, dass nichts so ist, wie es scheint, sagt er mit etwas Ironie in der Stimme: «Schön, dass du mich besuchst, Jörg. Was verschafft mir die Ehre?»

«Ehre? Du erweist mir Ehre! – Es gibt nicht viele, die das tun oder getan haben», antwortet Jenatsch und

zwirbelt mit beiden Händen die Spitzen seines langen schwarzen Schnauzes zurecht.

«Mir ist zu Ohren gekommen, dass jemand bei dir zu Besuch war, der als Held und Retter Bündens in die Geschichte eingegangen ist ... Er hat ein Denkmal bekommen, eine Statue. Siegessicher streckt er in einem Park dem Feind sein Schwert entgegen. Die Leute schauen zu ihm auf. Er ist ein Held, einer der sein Leben für sein Land, für Bünden gegeben hat. Jeder Schüler macht Bekanntschaft mit ihm. Weisst du, was mich daran stört?»

«Dass du für deine Verdienste kein Denkmal bekommen hast?»

«Am Denkmal liegt es nicht, obwohl mich das auch freuen würde. Was mich stört, sind die falschen Berichte. Einige eurer Historiker massen sich an, über mich zu schreiben, als wären sie meine engsten Gefährten gewesen. Für die einen bin ich der Befreier Bündens, für die anderen nur ein Halunke, ja ein Mörder.»

«Sorry, Jörg, aber soviel ich weiss, bist du mit deinen Feinden nicht gerade zimperlich umgegangen ...»

«Schweig, ich will nichts davon hören. Sie haben bekommen, was sie verdient haben!», ruft Jenatsch.

Gian schweigt. Er spürt, dass seinem Gast etwas auf der Seele liegt, das er loswerden möchte.

Nach einer Weile beginnt Jörg zu reden: «Du hast recht, Gian, zimperlich war ich nicht mit meinen Feinden. Sie aber auch nicht mit mir, wie du sicher weisst. Im Grunde genommen war mir nur eines wichtig: die Befreiung Bündens, sowohl von den Österreichern als auch von den Franzosen.»

«Und die Reformation? Kam sie an zweiter Stelle?»

«Das eine war ohne das andere nicht denkbar. Den Menschen zum richtigen Glauben zu verhelfen, dafür habe ich alles gegeben!»

«Auch gefoltert und getötet ...»

«Du meinst wohl das Thusner Strafgericht? Ja, ich war ein Fanatiker. Heute weiss ich das. Und ich würde anders handeln. Aber damals ... Dieser Priester aus Sondrio ..., es war nicht meine Absicht, ihn zu töten ...»

«Nicolo Rusca?»

«Ja, das war sein Name. Ein Anhänger der römisch-katholischen Kirche. Er hat gegen mich gekämpft, gegen die Reformation. Sein Glaube war unglaublich stark.

Ich bewunderte ihn dafür. Eigentlich wollte ich ihn laufen lassen, aber dann ist es anders gekommen. Mein Hass auf seine Irrlehre war so gross, dass er nach Rache verlangte. Tod allen, die der neuen und einzig wahren Lehre Widerstand leisteten. Das war meine Devise!»

«Wie ist es denn gekommen, dass du später wieder zum Katholizismus übergelaufen bist, Jörg? – Wie ich gelesen habe, konnte das niemand verstehen. Man schreibt, dass du aus rein politischen Gründen gehandelt habest ...»

Wütend steht Jenatsch auf, macht ein paar Schritte und schaut schweigend hinauf zum Dreibündenstein. Die Strasse unter ihm, die Autos, die Leute, die vorbeilaufen, reden und lachen, sieht er nicht. Gian ahnt, dass er in einer Art Zeitblase, aus der heraus er nur begrenzt wahrnehmen kann, zu ihm gereist ist.

Nach ein paar Minuten hat sich Jörg beruhigt und setzt sich wieder: «Diese Behauptung macht mich rasend. Weil es nicht stimmt. Ich habe jede Menge Briefe geschrieben, die meine Gründe zum Glaubenswechsel belegen. Übrigens in fünf Sprachen. Deutsch, Romanisch, Lateinisch Italienisch und natürlich Französisch. Trotzdem glaubt man mir, auch nach vierhundert Jahren, immer noch nicht!»

«Mir kann das egal sein, Jörg», sagt Gian. «Wenn ich meinen Glauben wechseln würde, gäbe das auch etwas Aufregung. Aber nicht allzuviel. Doch du warst damals der glühendste Verfechter der Reformation hierzulande. Tausende Menschen sind dabei getötet worden. Auch du hast gefoltert und gemordet, und alles im Namen Gottes?»

Jenatsch ist so schnell auf den Beinen, dass der Stuhl krachend zu Boden fällt. Wutentbrannt greift er zum Schwert ...

BALKON 5

Ein Sonntag im September. Zwei Tage Regen. Schnee bis in die Niederungen.

Gian hat seine Frau zur Kirche gefahren. Sie amtet als Vorstandsmitglied bei der Konfirmation. In vier Tranchen würde es ablaufen, erzählt sie beim Morgenessen. Wegen Corona. Distanz, Masken, Misstrauen, Verunsicherung.

Das Ganze erinnert Gian an eine Erzählung über die Webstübler. Um die Kirchenglocke vor dem Zugriff der Feinde zu schützen, sollen diese Leute sie im See versenkt und – um sie wiederzufinden – an der Stelle, wo sie über Bord geworfen wurde, eine Kerbe ins Boot geritzt haben.

Im Internet findet Gian einen Artikel über die Schlacht bei Reichenau. Er bewundert den Mut der Bauern, die beim Versuch, die Franzosen zu vertreiben, ihr Leben gelassen haben. Vierzehn-, ja sogar zwölfjährige Buben sollen mitgekämpft und sich in die Schwerter der überlegenen Feinde gestürzt haben.

Gian konzentriert sich wieder aufs Schreiben. Horcht lange in sich hinein. Kein Pferd in Sicht, kein Anstupser. Er schliesst die Augen, und als er sie wieder öffnet, steht Jenatsch mit dem Schwert in der Hand vor ihm ...

«Bitte, Jörg, mach kein Theater wegen dieser Geschichte. Was war, das war und was ist das ist!», ruft Gian und ist erleichtert, als Jenatsch das Schwert senkt.

«Möchtest du vielleicht doch noch einen Kaffee?»

Dieses Angebot bekommt der mittelalterliche Besucher in den falschen Hals.

«Bin ich ein altes Weib, dass du mir schon wieder dieses Getränk anbietest?», ruft er erzürnt.

«Ah, ich verstehe, du trinkst lieber ein Glas Wein?»

«Ein Glas ist mir zu wenig, Gian. – Bring alles, was du im Keller hast! Und dann lass uns trinken, solange bis die Wahrheit siegt!»

BALKON IV

Magisch

BALKON 1

Montag, angenehm ruhig. Ein seltsam klarer Himmel. Ein paar Wolken nur, die, wie es scheint, sich nicht trauen, die blendend helle Sonne zu verdecken.

Jenatsch ist noch nicht wieder aufgetaucht. Ausser im Gespräch mit Rahel beim Mittagessen. Wein hat er beim letzten Besuch verlangt, viel Wein. Stolz, den linken Arm auf den Balkontisch, den rechten auf die Hüfte gestützt, bereit, jederzeit zum Schwert zu greifen, hat er dagesessen. Ein Mann aus der Vergangenheit, geboren 1596, ermordet von seinen Feinden oder auch ehemaligen Freunden 1639.

Gian ruht im Moment in sich selbst. Sein Bewusstsein gleicht dem eines stillen Gewässers mitten im Wald. Nur ab und zu streicht ein leichter Wind darüber. Kaum der Rede wert. Nichts, was seine Ruhe stört. Das Leben zieht an ihm vorbei wie ein Film auf einer entfernten Leinwand. Das blendende Sonnenlicht, die Kuhglocken auf den Wiesen, in der Ferne bereits beschneite Berge ...

Die Abstimmungsresultate, die ihn am Morgen noch nervten, haben sich in Luft aufgelöst. Er denkt hundert, ja fünfhundert Jahre in die Zukunft und fragt sich, wie man rückblickend die Corona-Hysterie bewerten wird.

«Was ist mit dem Wein, Gian?», fragt Jenatsch augenzwinkernd. Gian, etwas überrascht von seiner plötzlichen Gegenwart, betrachtet ihn eine Weile und sagt dann: «Jörg, ich habe nachgedacht. Und viel über dich gelesen. Du warst Pfarrer, Partisan, Heerführer,

aber auch – aus der Sicht vieler deiner Zeitgenossen – ein Mörder und Verräter ... Ich weiss nicht, was ich glauben soll. Doch dein Vorschlag, Wein zu trinken, bis die Wahrheit siegt, gefällt mir.»

Bei den Worten Mörder und Verräter wird Jenatsch bleich und greift erneut zum Schwert ...

«Nein, nein, Jörg, nicht schon wieder! Mir liegt viel daran, dass die Wahrheit ans Licht kommt. Bitte vertraue mir! Lass uns trinken und reden. In vino veritas, nicht?»

«In vino veritas!», knurrt Jenatsch und entspannt sich. Gian geht in die Küche und kommt mit einer Flasche Rotwein und zwei Gläsern zurück. Jörg nimmt die Flasche in die Hand und liest zu Gians Erstaunen den in italienisch geschriebenen Text auf der Etikette vor.

Dann: «Diesen Wein kenne ich nicht, Gian. In meiner Zeit gibt es keine Flaschen dieser Art. Was solls, ist ja eben alles anders bei dir. Komm, schenk ein!»

Gian holt sein Sackmesser hervor und dreht den Zapfenzieher in den Korken hinein.

«Gott im Himmel, Gian, woher hast du dieses Messer?», ruft Jörg erstaunt.

«Woher? Das fragt einer, der vierhundert Jahre in der Vergangenheit lebt. Was denkst du denn, was wir alles in dieser Zeit erfunden haben?»

«Und das hier sind wohl Weingläser aus dem einundzwanzigsten Jahrhundert?», fragt er spöttisch und hebt das elegante Rotweinglas gegen die Sonne. Gian nimmt Jörg das Glas aus der Hand, füllt es mit Wein, schiebt es über den Tisch, steht auf und ruft: «Auf Bündens Freiheitsheld!»

«So soll es sein!», ruft der ehemalige Pfarrer, Heer-
führer und Mörder von Pompejus Planta und leert sein
Glas in einem Zug.

BALKON 2

Mittwoch. Sonnenschein, Kuhglocken bimmeln im Rhythmus der Kopfbewegungen der weidenden Tiere. Die rote Dipladenia blüht und blüht ... Für jede Blüte, die zu Boden fällt, wachsen ein paar neue nach.

Vergangene Nacht ist Gian im Traum über Wasser gelaufen. Und dann auch – nur durch Gedankenkraft – vom Ende eines Steges durch die Luft. Er erinnert sich, wie er vor dem ersten Schritt kurz zögert, dann die unsichtbare Festigkeit unter seinen Füssen spürt und den nächsten Schritt macht. Etwas später trifft er – immer noch im Traum – seinen Bruder und versucht, ihm das Wunder zu erklären. Doch der versteht nichts.

Spatzen pfeifen, eine Elster kräht, im Parterre hört Gian die Stimme der Nachbarin ...

Plötzlich sieht er in Gedanken seine Nichte, spürt ihre Gegenwart und, dass sie nicht versteht, wieso er einfach davongelaufen ist. Wenn er nur wüsste, was das Ganze soll. Er steht auf und geht in die Küche ...

Mit erhobenem Schöpflöffel schreitet der Chefkoch
auf ihn zu: «Was willst du hier? Hast wohl wieder deine
Kabinennummer vergessen! – Los verschwinde aus
meiner Küche, aber dalli!»
Gian duckt sich, die Kelle saust ins Leere ... Er rennt
um den schwergewichtigen Mann herum ...

«Haltet ihn auf! Los!», schreit der, und sofort blockieren mehrere Köche den Weg zum Speisesaal. Während Gian verzweifelt einen Ausweg sucht, erscheint auf seinem inneren Bildschirm eine Kampfszene mit Bruce Lee ... Furchtlos schreitet er auf die Männer zu ... Einer nach dem anderen fliegt durch die Luft ...

«Oh, Onkel Gian, wo warst du so lange?», ruft Sarah, steht vom Mittagstisch auf und fällt ihm um den Hals.

Gian spürt ihren weichen Körper ... Ihr Parfum dringt durch die Nase hinauf in sein Gehirn und aktiviert spezifische neurologische Verbindungen ...

«Sarah ...»

«Onkel Gian, du kannst mich jetzt loslassen, wenn es dir nichts ausmacht ...»

«Oh, sorry, bin wohl noch etwas durcheinander ...», murmelt Gian verlegen.

«Durcheinander? Wieso denn?»

«Wegen dem Kampf in der Küche ..., Die Köche wollten mich nicht zu dir lassen ...»

«Ein Kampf in der Küche? Aber Gian, du bist doch gar nicht durch die Küche ... Ich habe gesehen, wie du aus dem Lift gestiegen bist, zusammen mit dem Ehepaar dort ...»

Gian dreht den Kopf. Drei Tische entfernt winken ein Mann und eine Frau ...

«Komm, das Buffet sieht lecker aus. Sicher hast du Hunger, so ohne Frühstück. Wo bist du eigentlich den ganzen Vormittag gewesen?»

Rahel ist nach Hause gekommen. Etwas war mit ihrem Kirchenamt, was er gewusst, aber wieder vergessen hat. Sie hat Lattich mitgebracht. Was er essen wolle, fragt sie. Was sie möchte, fragt er. Beim Kochen fühlt er sich schwach, hat Mühe sich zu konzentrieren, die Hände zittern. Der Blutzucker. Er isst etwas und trinkt ein Glas Wasser. Schnell fühlt er sich besser.

MITTERNACHT

Während Gian, auf dem Bett sitzend, seinen nächtlichen Hunger mit einer Handvoll Nüssen stillt, hört er durch das gekippte Fenster fernes Glockengeläute. Was bedeutet, dass die Kühe auf der Weide auch hungrig sind. Er fühlt sich mit ihnen verbunden. Erinnert sich an diese Gefährten seiner Kindheit. An das Schlafen im Stall, an eine Geborgenheit, die nie zurückgekehrt ist.

Stille. Leise tickt der Sekundenzeiger der digitalen Uhr an der Wand. Das Geräusch erinnert ihn an die alte Wanduhr in der Stube seiner Kindheit, die mit den römischen Ziffern: Jeden Abend zieht der Vater an der Kette, bewegt die Gold-gefärbten Metall-Tannzapfen nach oben und gibt dem langen Pendel einen Stoss. Der Stundenschlag ist so laut, dass er in der Nacht manchmal aufwacht.

BALKON 3

Gian war bei seiner Ärztin. Wegen Unwohlsein beim Aufstehen, das auch nach dem Arztbesuch noch anhält, denkt er, dass er sofort wieder nach Hause fährt, sich auf die Couch legt und – wie schon die letzten drei Tage

– nicht mehr aus dem Haus geht. Doch dann fällt ihm ein, dass er noch ein Medikament braucht. Also macht er einen Abstecher zur Apotheke in der Stadt. Von dort aus ist es dann nicht mehr weit bis zu einem Spaziergang am Fluss. Das Unwohlsein bessert sich schon nach den ersten Schritten. Frische Luft, Natur, Bewegung, das Rauschen des Wassers ... Begegnungen ... Menschen ... Leben ausserhalb seiner Innenwelt.

Als er wieder ins Auto steigt, ist seine Batterie so weit aufgeladen, dass er es schafft, einen grossen Einkauf zu erledigen. Drei Sechserpack Mineral, ein Pack Schorle und jede Menge Esswaren. Nebst den Getränken schleppt er zum Schluss vier schwere Taschen mit Lebensmitteln von der Tiefgarage zum Lift und in die Wohnung.

Bevor er alles verstaut, geht er Post holen und trifft beim Briefkasten auf seine Frau. Sie kommt, gut gelaunt, vom wöchentlichen Ausflug mit Nordisch-Walk-Kolleginnen und Kollegen.

Während sie duscht, verstaut Gian die Esswaren. Das Mittagessen ist schnell zubereitet: Backofenpommes, Lachs, Selleriesalat für sie, Tomatensalat für ihn.

Nach ein paar Gläsern Wein beginnt Jörg zu erzählen. Bedauert aufrichtig, dass er seinen Vorgesetzten im Duell getötet hat. Der Oberst habe ihn herausgefordert. Seine Ehre sei auf dem Spiel gestanden. Nicht darauf einzugehen hätte ihn zum Feigling gemacht. Ein paar Frauen hätten versucht, das Duell zu verhindern. Das habe ihm einen Vorteil verschafft und dem Freund leider das Leben gekostet.

«Der Oberst war dein Freund?», fragt Gian überrascht.

«Ja, er war ein Freund. Unter anderen Umständen
hätte ich mein Leben für ihn hergegeben», murmelt
Jörg düster vor sich hin.

«Leider ist es anders gekommen. Eine Kette unglück-
licher Ereignisse. Angefangen hat es damit, dass ein
Hauptmann aus meiner Truppe mit seinem Pferd den
Buben des Schneiders über den Haufen geritten hat.
Ich verlangte Schadenersatz für das verletzte Kind.
Der Hauptmann war jedoch nicht bereit dazu. Es kam
zum Streit. Oberst Ruinelli, ein Hitzkopf wie ich, er-
griff gegen mich Partei ...»

«Etwas beschäftigt mich die ganze Zeit, Jörg», sagt
Gian nachdenklich. «Jetzt, wo du hier bei mir im Jahre 2020 auf dem Balkon sitzt und mir all das erzählst,
frage ich mich, aus welchem Jahr du angereist bist.
Kannst du dich an dein Abreisejahr oder -datum erinnern?»

Jörg schaut ihn ein paar Augenblicke sinnend an.
Gian nimmt sein leeres Glas und schenkt nach.

«Meine letzte Erinnerung, bevor ich mich auf dei-
nem sogenannten Balkon wiederfand, ist der Juli im
Jahre des Herrn 1638 ...»

»Sechzehnhundertachtunddreissig?», ruft Gian entsetzt. Du bist also, was ja ganz natürlich ist, noch nicht
gestorben, weil du sonst gar nicht hier sein könntest,
oder?»

Jenatsch wirft ihm einen seltsamen Blick zu: «Falls
du denkst, ich weiss nicht Bescheid über meine Ermordung im Staubiga Hüatli, Gian, dann irrst du dich

gewaltig. Lass mich überlegen, wie ich dir das beschreiben soll ...»

Längere Zeit schaut er hinauf zum Dreibündenstein, krault seinen Spitzbart, zwirbelt die beiden Schnauzenden zurecht und beginnt dann: «Es ist so, Gian: Man hat mich im Jahre 1939 ermordet und mein Körper wurde – was mir dazumal wichtig war! – in der Kathedrale katholisch begraben. Daran kann ich mich genau erinnern. Doch dann ... Jetzt spitz die Ohren, Gian: Entgegen der heute immer noch umstrittenen Annahme, ob der Mensch beim Tod wirklich tot ist, war ich lebendiger denn je zuvor. Es dauerte allerdings seine Zeit, bis ich begriff, dass ich keine Möglichkeit mehr hatte, mit der physischen Welt in Verbindung zu treten. Ich habe alles versucht! Vergebens! Niemand konnte mich hören, niemand reagierte auf meine Berührungen. Also akzeptierte ich das Unausweichliche und wandte mich der neuen Welt zu, in die ich so unverhofft hineingeraten war ...»

«Ich kann es kaum glauben, Jörg. Du hast dich aus der Vergangenheit, vielleicht sogar aus einer für mich unsichtbaren Ebene, hier bei mir auf dem Balkon materialisiert?»

«Du hast es erfasst, Gian! Ich bin einerseits frei zu reisen, wohin es mich gelüstet, unterliege andererseits jedoch auch gewissen – wie soll ich sagen? – geistigen Gesetzen, die ich nicht ohne Weiteres umgehen kann.»

«Was heisst: Nicht ohne Weiteres?»

«Das heisst, dass es in dieser Welt eine Hierarchie gibt, der ich, ähnlich wie in meinem Erdenleben einem König oder einem militärischen Vorgesetzten, diene.»

Gian ist schon seit einiger Zeit aufgefallen, dass der Wein, soviel Jenatsch auch davon trinkt, keine Wirkung zeigt. Er schenkt ihm noch einmal nach und fragt: «Bist du wirklich aus Fleisch und Blut oder nur eine Art Hologramm?»

Jörg zeigt ein breites Lächeln und umfasst mit eisernem Griff Gians Handgelenk.

«Genügt das als Beweis?»

«Es genügt!», stöhnt Gian und fragt: «Könntest du mir diese Technik beibringen, Jörg? Ich meine, wie man nach Belieben verschwinden und wieder auftauchen kann?»

Jenatsch lächelt.

«Wie ich festgestellt habe, ist es bei euch üblich, nach dem Essen mit Wein einen Kaffee zu trinken. Ich glaube mich erinnern zu können, dass du mir vor einiger Zeit so ein Weibergetränk angeboten hast ...»

Gian versteht, geht in die Küche, schaltet Tschiba ein und wartet, bis der Kaffee bereit ist. Als er nach ein paar Minuten auf dem Balkon erscheint, ist Jörg verschwunden.

Als Gian in den Lift steigt, um die Post zu holen, wird er vom Nachbar nach oben gezogen.

«Hallo Paul, come in! – Schon lange nicht mehr gesehen!», ruft er erfreut. Paul, zurückhaltend wie meist, fragt, wie es ihm gehe.

«Man schlägt sich durch!», antwortet Gian und denkt kurz daran, spasshalber noch hinzuzufügen, dass ihr Wohlergehen davon abhängt, wie sie von ihren Frauen behandelt werden. Paul bleibt jedoch ernst und klagt, es mache ihm zu schaffen, dass der Sommer schon vorbei sei.

«Meiner Frau auch», sagt Gian und bemerkt den Anflug eines Lächelns auf seinem Gesicht. Den folgenden Satz: «Mir geht es besser in der kälteren Jahreszeit», hätte er sich allerdings sparen können, denn über Pauls Gesicht huscht ein kaum wahrnehmbarer Schatten aus anklagendem Selbstmitleid.

Seit vielen Jahren sitzen sie ab und zu mit ihren Frauen beim Essen zusammen, kümmern sich während der Ferien um die Wohnung der anderen, giessen die Pflanzen und leeren das Postfach. Auch Geburtstage werden seit einigen Jahren – gemeinsam mit den beiden Witwen – gefeiert.

Eine Zusammenkunft der Hälfte der Eigentümer im Acht-Familienhaus, die Gian fast als eine Art Geheimtreffen empfindet. Rahel meint allerdings, es sei ganz normal, dass man darüber redet, was im Haus und im Bekanntenkreis so abläuft.

BALKON 4

Sonntag: Zu viert im Auto. Ziel: Ein Dorf in der Nähe von Zürich. Tom fährt, Gian sitzt daneben. Auf dem Rücksitz Rahel mit ihrer Schwester. Die Stimmung ist gut, es geht zur Geburtstagsfeier der Schwester der beiden Schwestern auf dem Rücksitz.

Tom will seinem Sohn, der in der Stadt wohnt, noch etwas vorbeibringen. Problemlos findet er den Weg zu seiner Wohnung, fährt auf den einzigen freien Parkplatz vor dem Restaurant, einen Meter entfernt sitzen glotzend ein paar Gäste. Während die Frauen im Lift zur Dachwohnung hinauf fahren, beginnt Gian, nur mit einem kurzärmligen T-Shirt bekleidet, zu frieren. Er steigt ins Auto, checkt sein Handy, und kurz darauf sind auch die Frauen wieder da. Der Sohn habe sie nicht in die Wohnung gelassen, vermutlich wegen der Freundin, die man auch noch nicht kennengelernt habe, klagt die Mutter.

Dann beginnt eine Art Odyssee durch die Stadt. Trotz modernster Technik verfährt sich Tom – unter lautem Protest seiner Frau – immer wieder. Eine Baustelle, die das Navy nicht kennt, verursacht mehrere Neuberechnungen der Route. Nach dem Zoo führt die Strasse durch einen Wald. Tom nervt sich über einen Fahrer, der ihm in den engen Kurven fast in den Arsch fährt. Zu guter Letzt blockiert auch noch eine Baustelle die Zufahrt zum Haus der Schwägerin.

BALKON 5

Dienstag. Angenehm kühl, vierzehn Grad. Immer noch das Oktobergeläut der Kühe auf den Weiden. Nach dem Aufstehen sieht sich Gian urplötzlich von einer Armee umstellt: Feinde überall. In seinem Fall handelt es sich jedoch nicht – wie bei Don Quijote – um Windmühlen. Nein, die Feinde befinden sich in seinem Inneren, in seinem Kopf. Ein Gewirr von negativen Gedanken lösen Gefühle in ihm aus, die sich gegen ihn, gegen alles, was er ist, tut und getan hat in seinem Leben, richten. – Aus jahrelanger Erfahrung weiss er jedoch, was zu tun ist: Kämpfen, durchhalten, aushalten.

Gian öffnet die Augen und blinzelt in die Sonne ... Neben ihm liegt Sarah, seine Nichte. Mit einem Ruck richtet er sich auf, klammert sich mit beiden Händen am hölzernen Rahmen eines altertümlichen Liegestuhls fest ...

«Mein Gott, wo bin ich?»

«Nur keine Panik, wir sind immer noch auf der Titanic», beruhigt ihn Sarah.

«Auf der Titanic? Ums Himmelswillen! Was machen wir auf der Titanic?»

«Onkel Gian ...», mault Sarah, «langsam frage ich mich wirklich, was mit dir los ist!»

Gian schlägt die Hände vors Gesicht. «Deshalb die seltsamen Kleider ...», murmelt er. Und, zu Sarah gewandt: «Wir schreiben das Jahr 1912, oder?»

«Sag nicht, dass du das nicht gewusst hast?», antwortet seine Nichte vorwurfsvoll.

«Langsam wirst du mir unheimlich. Zuerst fällst du vom Oberdeck in den Pool, dann verschwindest du ohne Begründung beim Morgenessen, steigst dann gegen Mittag mit Bekannten aus dem Lift, behauptest aber, die Küchenmannschaft habe dich am Betreten des Speisesaals hindern wollen ... Kannst du mir erklären, was all das soll?»

Gian gibt keine Antwort. Er stemmt sich aus dem Liegestuhl, läuft ein paar Schritte übers Deck... Sein Blick schweift über die vier hoch aufragenden, rauchenden, riesigen Schornsteine der Titanic ...

Benedikt Fontana und Jörg Jenatsch konnte er, wenn auch nicht ohne Probleme, noch verkraften ... Doch das hier bringt ihn an seine Grenzen ...

«Gott, wenn es dich gibt», murmelt er ergeben vor sich hin ... Dann schwinden ihm die Sinne ... Er fällt in die Arme seiner Nichte ... Sein Gewicht reisst sie zu Boden ... Passagiere springen herbei, helfen ihnen auf die Beine und führen Gian zu seinem Liegestuhl. Kurz darauf kommt der Schiffsarzt angelaufen.

«Bitte bleiben sie ruhig liegen, Herr Chapman! Sicher nur ein kleiner Schwächeanfall, kein Grund zur Beunruhigung ...»

Gian kommt langsam zu sich ... Sarah kniet neben ihm und hält seine Hand ...

«Chapman? Wieso nennt mich der Arzt Chapman?»

«Onkel Gian, das ist doch unser Familienname!»

Gian scheint nichts zu begreifen. Seine Augen haben den Ausdruck eines verwirrten Dreijährigen angenommen. Dann geht plötzlich ein Ruck durch seinen Körper ...

«Was für ein Datum haben wir heute?», fragt er mit weit aufgerissenen Augen.

«Aber Onkel Gian, das weisst du doch! Heute ist der vierzehnte April ...»

Gian schlägt die Hände vors Gesicht, bewegt sich stöhnend vor und zurück.

«Und wie spät ist es jetzt?»

«Es ist genau vierzehn Uhr zehn ...», meldet der Arzt.

Gian erstarrt. Er ist der einzige auf diesem Schiff, der weiss, dass die Titanic in ziemlich genau zehn Stunden einen Eisberg rammen wird. Mit einem lauten Schrei ist er auf den Beinen und schreit: «Kapitän!!! – Kapitän!!! In zehn Stunden, zwanzig Minuten vor Mitternacht, wird dieses Schiff einen Eisberg rammen und untergehen!!! – Es bleiben nur noch zehn Stunden! Sie müssen sofort den Kurs ändern! Sofort! Hören sie! Sofort!!!»

Sarahs Gesicht drückt grosse Sorge um das Wohlergehen ihres Onkels aus. Sie nimmt Gian am Arm und führt ihn behutsam zum Liegestuhl zurück. Sein Geschrei hat einen Auflauf verursacht. Passagiere der ersten Klasse stehen, aufgereiht wie Raben auf einer Stromleitung, auf dem Oberdeck.

Sarahs bekümmerter Gesichtsausdruck zeigt Gian, dass seine Bemühungen zwecklos sind, dass ihm niemand glauben wird. Zu unvorstellbar ist, was er herumschreit. Passagiere und Kapitän haben nicht den geringsten Zweifel, dass die Titanic unsinkbar ist.

Gian lässt sich in seine Kabine führen, legt sich aufs Bett ... Der Schiffsarzt zieht eine Spritze auf: «Das wird sie eine Weile schlafen lassen, Herr Chapman! Danach sieht die Welt wieder ganz anders aus ...»

Während Gian langsam wegdämmert, kommt ihm der Gedanke, dass er schlafend ertrinken wird. Vielleicht eine etwas angenehmere Art zu sterben als durch Schwert oder Axt wie Benedikt Fontana und Jörg Jenatsch.

Was ihn tröstet, ist der Gedanke, dass die Bündner Helden, trotz ihrem Tod vor mehreren hundert Jahren, beide doch irgendwie überlebt haben. Denn, wie sonst hätten sie ihn vor Kurzem noch auf dem Balkon besuchen können?

BALKON 6

Kalt und regnerisch. Zehn Grad. Wie immer am Samstag hat Gian seinen Hauswartjob erledigt. Velo-, Kellerraum und Treppenhaus gereinigt, in der Waschküche den Abfall entsorgt und den Rasenschnitt vom Vortag zur Entsorgungsstelle gebracht.

Mittagessen: Zuchetti mit Zwiebeln in der Pfanne angedünstet. Reis im Steamer, Pouletgeschnetzeltes.

Zum Essen etwas Rotwein, gute Unterhaltung mit seinem weiblichen Gegenüber. Nach dem Abräumen Bad/WC-Reinigung und Wohnung staubsaugen. Dann ist Schluss ist mit *chrampfen*, Gian nimmt Laptop und Maus und verzieht sich auf den Balkon.

Der Mann, der ihm jetzt gegenübersitzt, ist weder Benedikt noch Jörg ... Doch, wie schon seine Vorgänger, scheint auch er nicht in die gegenwärtige Zeit zu passen. Er trägt einen dunklen Anzug mit einem weissen Stehkragen, um den eine schwarze Krawatte gebunden ist. Dunkle, eng anliegende, in der Mitte gescheitelte Haare, in der rechten Hand hält er lässig eine Zigarette.

«Sorry! Kennen wir uns?», fragt Gian etwas befremdet.

«Wenn ich das wüsste, wär's mir leichter ums Herz», antwortet der Mann in einem Dialekt aus dem grossen Nachbarland, nimmt einen tiefen Zug aus seiner Zigarette und bläst den Rauch gegen die Decke.

«Mich würde interessieren, aus welcher Zeit sie kommen ...», versucht Gian, das Gespräch anzukurbeln.

«Aus welcher Zeit? Natürlich aus dem Jahre 1912.»

«1912? Waren sie vielleicht auch auf der Titanic?»

98

«Auf der Titanic? Nein, ums Himmelswillen! Sonst wäre ich wohl nicht hier, oder? Die hat doch vor einem halben Jahr einen Eisberg gerammt und ist gesunken ... Übrigens, Ernst Ludwig ist mein Name ...»

Jetzt beschleicht Gian eine leise Ahnung. Er erinnert sich an einen Künstler, dessen Bilder in einem Museum hängen, das diesen Namen trägt.

«Ernst Ludwig Kirchner!» Hab' doch gewusst, dass ich sie kenne. Sie sind der berühmte Maler ...»

«Berühmt? Vielleicht bin ich das eines Tages ... Im Moment sieht es jedoch nicht danach aus ...», antwortet sein Gegenüber etwas deprimiert.

«Gian, ich bin Gian und lebe hier im Jahre 2020 ... Können wir uns duzen?», ruft Gian erfreut.

«Im Jahre 2020? Du scherzst wohl, lieber Gian. Dann wäre ich über hundert Jahre in die Zukunft gereist. Aber macht nichts, ich mag Menschen, die ein wenig verrückt sind. Ich habe mich übrigens vom ersten Moment an darüber gewundert, was für seltsame Kleider du trägst. Und dann dieses Gerät hier ...»

Er nimmt Gians Handy in die Hand, dreht und wendet es und legt es vorsichtig wieder auf den Tisch.

«Sowas habe ich noch nie gesehen.»

«Das wundert mich nicht, Ernst Ludwig ... Sag, gibt es für deinen Namen vielleicht einen Kurz- oder Übernamen? So etwa in der Länge von Gian, das wäre einfacher für mich.»

«Einen Kurznamen? Ich habe mir ein Pseudonym zugelegt: Louis de Marsaille. Du könntest mich also Louis nennen, wenn das kurz genug ist ...»

«Super, Louis! So sind wir uns gleich näher.»

«Näher? – Ich weiss nicht, ob ich dazu geneigt bin, Gian. Du musst verstehen, ich bin Künstler. Für Leute wie du bin ich in der Regel ein komischer Kauz. Seit ich die klassische Malerei hinter mir gelassen habe, werde ich von vielen Leuten angefeindet. – Du musst mir also schon einen guten Grund nennen, damit ich bereit bin, dich, wie du sagst, näher kennenzulernen.»

Louis steht auf, macht ein paar Schritte, betrachtet die roten Blüten der Dipladenia, streicht gedankenverloren mit der Hand übers Balkongeländer, nimmt einen letzten Zug und spickt die Zigarette mit Daumen und Mittelfinger auf Nachbars Rasen hinunter.

Zu Gians Verwunderung reagiert auch er nicht auf die vorbeifahrenden Autos; und auch die Leute hört und sieht er nicht. Seine Wahrnehmung scheint – wie schon die von Benedikt und Jörg – nur auf den Balkon begrenzt zu sein.

BALKON V

Magisch

Gian wacht auf, weil er friert. Er macht Licht und schwingt sich aus dem Bett. Der mit Holz eingefasste Thermometer zeigt dreiundzwanzig Grad an.

Wieder im Bett, zieht er die Decke bis zum Hals, öffnet sein Samsung-Tablet und liest die neuesten Nachrichten: Der Blick puscht weiterhin mit aller Kraft die Corona-Hysterie. Und auch die anderen Zeitungen machen kräftig mit. Es sieht aus, als ob sämtliche Medien den gleichen Auftrag ausführten: Angst verbreiten!

Inzwischen hat Gian das Gefühl, dass der Virus – wie ein hinterlistiger Ninja – hinter jeder Ecke lauert. Mit einem nicht zugelassenen Test kreiert man Tausende von Fallzahlen. Die sogenannten Infizierten, die gar nicht krank sind und auch keine Symptome aufweisen, werden isoliert und gelten als hochansteckend.

Die Lösung: Maskenpflicht, Abstand und Isolation. Die letztere Massnahme trifft besonders hart die älteren Menschen in den Altersheimen.

«Die spinnen doch, die Römer», murmelt Gian, löscht das Licht und zieht die Decke über den Kopf.

BALKON 1

Tage später. Vogelgezwitscher, Sonnenschein, ein leichter Wind. Zweimal hat der Enkel übernachtet und jeweils am Abend die Zeit mit einem Car-Racing-Game auf Gians Tablet verbracht. Vor zwei Stunden ist er von seiner Mutter abgeholt worden.

In weiter Ferne hört Gian das Geräusch einer Motorsäge. Zwei kleine Kinder laufen mit ihrer Mutter die Strasse *durab*.

Gian hat über den Besuch von Louis nachgedacht, nachgeforscht, ihn gegoogelt und ist begeistert von seinen Bildern. Viele kennt er aus dem Kunsthaus, aus dem Museum in Davos. Ob ihn der berühmte Künstler noch einmal besuchen wird? Seine letzten Lebensjahre würden ihn besonders interessieren, die Zeit, als die Nazis seine Werke als entartet erklärten und zerstörten. Was vermutlich der Grund war, dass er ein Jahr später sein Leben beendete.

Ein leichter Wind weht über Gians Kopf ...

«Es ist schlimm, wirklich ganz schlimm, Gian! Ich bin mir nicht sicher, ob du das verstehen kannst», sagt Louis leise und zündet sich eine Zigarette an.

«Jetzt hast du mich aber überrascht, Louis! Lebst du immer noch im Jahre 1912?»

«Nein, diesmal komme ich aus der Gegenwart.»

«Aus der Gegenwart?»

«Ja, aus dem Jahre 1916. Ich halte mich – auf den Rat einiger Freunde hin – meiner Alkohol- und Medikamentensucht wegen in einem Sanatorium auf. Wobei ...»

Louis zieht gierig an seiner Zigarette, inhaliert lange und tief ...

«Wobei?», fragt Gian neugierig.

«Wobei ... Es ist der schreckliche Krieg, der mich krank gemacht hat. Menschen zu töten, auch wenn es Feinde sind, ist für mich schlimmer als alles, was ich mir vorstellen kann. Schon die militärische Ausbildung war ein Albtraum. Irgendwann hat man das zum Glück eingesehen und mich als untauglich entlassen.

Trotzdem leide ich immer noch ...»

«Ich weiss, Louis! Ich habe alles darüber gelesen. Alles, was ich finden konnte ...»

«Du hast was?»

«Ich kenne deine Geschichte, weil ich doch im Jahre 2020 lebe. Du bist eine Berühmtheit. Du hast sogar ein eigenes Museum ...»

Louis nimmt einen tiefen Zug und schaut, wie vor ein paar Tagen Benedikt Fontana und Jörg Jenatsch, sinnend zum Dreibündenstein hinauf ...

Eine riesige Erntemaschine donnert die Strasse hinunter ... Für den Mann aus dem Jahre 1916 scheint sie weder hör- noch sichtbar zu sein. Er schnippt die halbgerauchte Zigarette übers Geländer, öffnet ein schmales, ledernes Etui, zieht einen weiteren Glimmstengel hervor und greift nach der Schachtel mit den Zündhölzern ...

Gian kommt ihm mit seinem Gasfeuerzeug zuvor. Louis nimmt mit einem kaum wahrnehmbaren Fragezeichen im Gesicht sein Angebot an.

«Ach, lieber Gian», sagt er dann. «Auch, wenn ich so ein Feuergerät noch nie gesehen habe, kann ich dir das mit dem Jahre 2020 nicht glauben. Aber, wie ich schon gesagt habe, ich mag Leute, die etwas verrückt sind. Und du bist – nachdem, was du mir da erzählst – ziemlich verrückt. Wie wäre es, wenn du mir im Sanatorium Gesellschaft leisten würdest?»

Beim Gedanken an eine psychiatrische Anstalt, dazu noch in einem Land, in dem der erste Weltkrieg tobt, bekommt es Gian mit der Angst zu tun. Er versucht, Louis vom Thema abzulenken: «Natürlich muss, was ich gesagt habe, für dich völlig absurd klingen. Ich kann dich verstehen.»

«Mich verstehen? Ich glaube nicht, das du das kannst, Gian. In mir brennt ein Feuer, das mich verzerrt. Eine Glut, die mich zum Malen treibt; die Kunst ist das Einzige in meinem Leben, das mir etwas bedeutet.»

«Die Kunst und die Liebe?», fragt Gian.

«Kunst und Liebe gehören zusammen, Gian. Es ist das gleiche Feuer, dieselbe Glut. Wenn ich male, liebe ich; und der Liebe wegen male ich.»

«Meinst du die Liebe zu einer Frau?»

«Die Liebe zu einer Frau, das Betrachten und Malen ihres Körpers führt meine Sinne in eine höhere Ebene. Die Farben, die Formen ... Sie klingen. Jede Farbnuance, jeder Strich, jede Form in einer bestimmten, einzigartigen Tonlage. Das fertige Bild ist für mich ein Musikstück, ein Lied, eine Komposition ... Malerei ist Musik in einer anderen Form, Gian. Die Gabe jedoch, sie beim Betrachten meiner Bilder hören zu können, ist leider, wie ich feststellen muss, äusserst selten.

«Du beziehst dich auf die Farbklänge aus Kandinskys Farbtheorie, oder?», fragt Gian, um ihn auf die Probe zu stellen. Louis wirft ihm einen beleidigten Blick zu, spickt den dritten Zigarettenstummel über die Balkonbrüstung und erklärt mit unüberhörbarem Stolz in der Stimme: «Das kam später, das mit Kandinsky ... Ich, Fritz Bleyl, Erich Heckel und Karl Schmidt-Rottluff waren die Wegbereiter. Wir haben die Brücke gebaut, auf der Wassily mit dem Blauen Reiter aufbauen konnte ...»

BALKON 2

Sonntag. Zeitumstellung! Bald wird es dunkel. Immer noch die Glocken der weidenden Tiere. Die jungen Nachbarn mit den zwei kleinen Mädchen haben ihr Auto geparkt und laufen, halb verdeckt durch den frisch geschnittenen Haag, zum Hauseingang.

In der Ferne Kirchenglocken. Katholische oder reformierte Klänge. Ab und zu übertönt vom Rauschen eines Autos ... Dann zwei laut diskutierende Velofahrer ... Wortfetzen, vom Winde verweht.

Gian geniesst die Abendstimmung. Die Ruhe. Nach den Tagen mit den Enkeln.

Zwei junge Frauen spazieren vorbei ..., der fremde Klang ihrer Sprache löst etwas in ihm aus ... Die Ahnung einer Welt, die völlig anders ist als seine.

Vogelgezwitscher. Kinderlachen. Es ist dunkel geworden. Gian sieht kaum noch die Tasten auf dem Laptop. Trotzdem bleibt er, horcht in sich hinein ... Spürt, nimmt wahr, was keinen Namen hat.

BALKON 3

In Kürze wird die Sonne hinter den frisch beschneiten Bergen untergehen. Kühl ist's, angenehm.

Gian denkt an seine Nichte. Da die Titanic beim letzten Treffen gesunken ist, wird er sie wohl nicht mehr treffen können. Mehrmals hat er versucht, noch einmal aufs Schiff zu gelangen. Vergeblich. Da war nichts als die Küche, die er seit sechzehn Jahren kennt. Und auch die Kaffeemaschine hat seit Tagen nicht mit ihm gesprochen.

Auf die Frage: «Tschiba, kannst du mir einen Kaffee machen?», lässt sie aber dann doch ein leises Knurren hören.

«Schlecht gelaunt heute, was?», fragt er und füllt Kaffeebohnen nach.

«Nein, nicht schon wieder diese Sorte! Hast du denn nicht gemerkt, dass sie dir nicht guttut?»

«Was du nicht sagst ...», murmelt Gian und drückt die Taste. Tschiba reagiert und lässt die braune Brühe in die Tasse laufen.

Gian setzt sich an den Balkontisch. Gegenüber – drei Meter entfernt – steht der Bambus-Stuhl mit der kurzen Lehne, den Rahel im Austausch von ihrer Schwester erhalten hat.

Plötzlich bewegt sich das grüne Kissen ... Es wird hochgehoben, zusammengestaucht, geklopft und wieder abgelegt. Eine Gestalt erscheint, und im nächsten Augenblick sitzt Sarah mit übergeschlagenen Beinen im Bambus-Stuhl. Trotz der herbstlichen Kühle trägt sie ein leichtes, blau-weiss geblümtes Sommerkleid, das bis zu den Waden reicht.

Gian will aufspringen, doch der Stuhl lässt ihn nicht los. Bleischwer bleibt er an ihm kleben.

«Sarah, du lebst?», ruft er und wundert sich, wie schwer es ihm fällt, die Lippen zu bewegen.

Seine Nichte betrachtet ihn schweigend. Gian versucht, die Szene einzuordnen, doch so sehr er sich auch anstrengt, es gelingt ihm nicht. Nach einer gefühlten Ewigkeit hebt Sarah winkend die Hand. Zurück bleibt der leere Stuhl.

BALKON 4

Mittwochnachmittag. Leicht bewölkt. Blendend hell reflektiert sich das Sonnenlicht auf dem Balkontisch. Minutenlanges Flugzeuggedonner verhallt in der Ferne. Vogelgezwitscher. Schwalben fliegen über die Dächer. Sie sammeln sich für den Flug in den Süden. Wissen nicht, dass viele von ihnen in den Netzen der italienischen *mangiatore di uccelli* landen werden.

Vor zwei Tage hat die Erde gebebt. Ein paar Sekunden lang bewegt sich das Haus. Gian, gerade eingenickt, schreckt auf, weiss im Moment nicht, was los ist. Er überlegt, was zu tun wäre, wenn das Haus einstürzte. Sich in die Badewanne legen, hat er einmal gelesen ...

Am nächsten Tag stellt er den Selbstauslöser seiner Kamera auf zehn Sekunden und legt sich zum Spass mit einem Kissen in die Wanne. Das Bild schickt er per WhatsApp seiner Frau, die mehrere ÖV-Stunden entfernt die Enkelin hütet. Die Fünfjährige ist begeistert, und wenig später erhält Gian ein Foto, auf dem auch sie mit einem Kissen unter dem Kopf in der Badewanne liegt.

BALKON 5

Seit Langem hat Gian nichts geschrieben, nur beim Spazieren am Rhein den Text am Handy abgehört und die Korrekturen auf sein Mail geschickt.

Manchmal gefällt ihm, was er schreibt, dann wieder gar nicht. Wenn er jedoch, wie in diesem Moment, alleine auf dem Balkon sitzt, fühlt er sich gut.

Viertel nach vier, die Sonne ist untergegangen. Gian speichert die Datei, macht eine Sicherung auf dem USB-Stick und erstellt ein PDF für das Abhören auf dem Handy. Schon beginnt es zu dämmern. Er bleibt noch eine Weile sitzen und schaut hinauf zu den Bergen, die gegen Süden hin das Tal umschliessen, in dem er seine Kindheit verbracht hat.

«Das war einmal, Onkel Gian!», hört er überraschend Sarahs Stimme.»

Kurze, hellbraune Haare, blitzende blaue Augen. Beide Arme auf den Balkontisch gestützt, sitzt sie ihm lächelnd gegenüber.

«Sarah, mein Gott, wie ich mich freue, dass du noch am Leben bist! Wo kommst du denn so plötzlich her?», ruft Gian und greift nach ihrer Hand.

«Ich habe deine Gedanken empfangen, du hast an mich gedacht, Gian», sagt sie und nimmt seine Hand in ihre Hände.

«Ja, weiss Gott! Ich habe immer wieder an dich gedacht, Sarah. Habe mir das Hirn zermartert, woher du mich und ich dich kenne. Kannst du mir das erklären?»

«Könnte ich, Gian, wenigstens teilweise. Fragt sich nur, ob du dafür bereit bist … Es ist alles nicht so einfach, wie man vielleicht denkt, wenn man im Jahre 2020 lebt.»

«Ist mir egal, ob ich es verstehe, versuch es einfach!»

«Ok, ok, Gian. Voraussetzung ist allerdings, dass du begreifst, dass niemand nur ein Leben lebt. Alle Menschen leben viele Leben, sterben irgendwann und

kommen wieder auf diese Welt, in der uns von Geburt an eingetrichtert wird, dass es nur ein Leben gibt. Leider mit grossem Erfolg. Schon als Kleinkind werden wir dahin programmiert, dass alles, was nicht mit der physischen Realität übereinstimmt, nicht existiert. Ich hoffe, dass sich durch deine Begegnungen mit Benedikt Fontana, Jörg Jenatsch und Ernst Ludwig Kirchner dein Bewusstsein so weit erweitert hat, dass du das begreifen kannst.»

Sarah zieht ihre Hand zurück, wischt sich eine Haarsträhne aus der Stirn und beginnt: «Gian, Onkel Gian oder auch andere Namen. Alle entsprechen der Wahrheit. Es gab eine Zeit, in der du nicht mein Onkel warst und ich nicht deine Nichte. Das ist aber schon lange her. Während der Zeit von Benedikt Fontana war ich deine Frau und später auf der Titanic deine Nichte. Und noch später ein kurzes Leben lang deine Schwester, die mit drei Jahren im Bach hinter dem Haus ertrunken ist. Zweihundert Jahre davor, während der Zeit der französischen Revolution, waren wir ein Liebespaar. Allerdings war ich damals ein Mann und du eine Mätresse des Königs. Unsere Beziehung wurde entdeckt und der König liess uns, kurz bevor er selbst auf der Guillotine sein Leben verlor, hinrichten. Verstehst, begreifst du, was das bedeutet, Gian?»

Gian schaut hinauf zu den Bergen. Rosafarben leuchtet der Himmel; die Konturen der Berggipfel brennen sich in sein Bewusstsein, als leuchteten sie ihm den Weg in eine unbekannte, märchenhafte Welt.

«Wir leben nicht nur einmal?», fragt er verwirrt.

«Nein, auch wenn es dir schwerfällt, es zu glauben. Wir alle leben mehrere Leben. Abwechselnd als Mann, als Frau, als Bruder, als Schwester, als Kinder von Eltern, die im letzten Leben unsere Kinder waren. Im Buddhismus ist das eine Tatsache und auch in den indischen Lehren. Übrigens war dieses Wissen bis im dritten Jahrhundert auch im Christentum allgemein bekannt.

In der vom Kaiser überwachten Zusammenstellung und Übersetzung der alten biblischen Texte durch Hieronymus wurden Hinweise auf die Reinkarnation bewusst nicht berücksichtigt. Der Glaube an ein einziges Leben erlaubte der Kirche, die Menschen zu knechten, wann und wie sie es wollten. Es gab nur eine Hoffnung, nicht in die zu Hölle kommen, und die lag im Befolgen der Lehre und den Sakramenten der allmächtigen Kirche. Mit der ursprünglichen Lehre von Jesus Christus hat das nichts zu tun.

Wie du siehst, gibt es noch viel zu lernen, Gian. Denn beinahe nichts ist, wie es scheint und wenig so, wie es uns von Kindheit an erzählt wird.»

Es ist dunkel geworden. Gian hat Mühe, die Tasten auf seinem Laptop zu erkennen. Sein Handy klingelt. Ob er schon eingekauft habe? Ja, hat er. Was noch fehle? Kiwi, Tee ... Vergessen. Kein Problem. Also, bis dann.

Das Abendrot verblasst hinter den Bergen. Kurze Zeit, vielleicht eine halbe Stunde noch, wird Gian, eingehüllt in das Halbdunkel der Abenddämmerung, seinen Träumen nachhängen können.

BALKON 6

4. Dezember 2020, 15.26 Uhr. Gian hat lange nichts mehr geschrieben. Und viel wird es auch heute nicht.

Die Belehrung seiner Nichte über Reinkarnation und ihre mehrfache gemeinsame Vergangenheit hat Gian zu denken gegeben und ihn veranlasst, sich im Internet über das Thema Nahtoderfahrungen zu informieren. Nach dem Studium mehrerer Videos auf Youtube scheint ihm das Ganze nicht mehr so abwegig.

Wenn jemand klinisch tot ist und trotzdem noch alles sieht und beschreiben kann, was die Ärzte gesagt und mit seinem Körper gemacht haben, beweist eindeutig, dass das wirkliche Selbst auch ohne den Körper existiert.

15.44 Uhr. Die Sonne ist untergegangen. Gian spürt, wie die Kälte durch die Kleider dringt. Lange wird er es nicht mehr aushalten.

Zwei Meter entfernt steht der Christbaum, den er vor zwei Tagen auf dem Balkon aufgestellt hat. Er scheint ganz zufrieden und wartet geduldig auf seinen Einsatz am vierundzwanzigsten Dezember.

BALKON 7

Montag, 7. Dezember, zwei Grad Celsius. Zwei Tage lang geschneit. *Uf ei Klapf z'mitts im Wintar!* Gian hat bereits drei Mal Hauseingang und Parkplatz von nassem schwerem Schnee freigeschaufelt. Beim vierten Mal hat die Schneeräumung den Zugang von der Strasse zum Parkplatz zugepflügt. Gian schaufelt einen Teil der hart gepressten Schneemasse weg und fährt dann mit seinem SUV ein paar Mal drüber. Wie ein kleiner Panzer kämpft sich der olivgrüne 4x4 durch die Schneemassen, drückt sie nieder, walzt sie platt.

Um sechs Uhr morgens hat ihn das Geräusch einer Schneefräse aus dem Schlaf gerissen. Giancarlo, Maler- und Gipsermeister mit eigenem Geschäft, pflügt den Gehweg zu den Reiheneinfamilienhäusern auf der Rückseite des Hauses. Was, wie jeden Winter, dazu führt, dass sich ein Parterre-Bewohner darüber aufregt, dass der Schnee auf seinen Hecken landet. Giancarlo, obwohl schon lange in der Schweiz, versteht nur wenig Deutsch. Auf die Schimpftirade des Nachbarn aus dem Schlafzimmerfenster reagiert er deshalb mit einem charmanten *Nitaverstanda!* Etwas später erzählt er Gian in der Tiefgarage, dass er doch verstanden hat.

«Ischa keina Plaz. Kann i macka nüt!», jammert er kopfschüttelnd mit grossen, dunklen, italienischen Augen. Wo soll er denn mit dem Schnee hin? Der Gehweg ist nur einen Meter breit. Auf der einen Seite befindet sich sein eigener zweieinhalb Meter hoher Haag, zu hoch für die kleine Schneefräse.

BALKON 8

Dienstag, 8. Dezember, 16.58 Uhr. Bereits dunkel. Temperatur: 3.3 Grad. Zu kalt, um draussen zu schreiben. Gian setzt sich an den Stubentisch, den Balkon mit der Weihnachts-Beleuchtung im Rücken.

Nach langem Tüfteln erst ist es ihm vor einer Woche gelungen, die in der neuen Landi gekaufte digitale Zeitschaltuhr zu programmieren. Die Beschreibung dazu ist für Gian nicht nachvollziehbar. Er zerknüllt das zweisprachig bedruckte Blatt, wirft den kleinen Papierball aus vier Metern Entfernung von der Couch aus zum Papierkorb, steht auf, holt das Knäuel, geht zurück zur Couch und wirft so lange, bis er trifft.

Nach einer Stunde gelingt es ihm endlich, die digitale Zeit einzustellen: 16.30 Uhr ON, 23.00 Uhr OFF. 05.30 Uhr ON, 08.00 Uhr OFF. Nach zwei Tagen brennen die Lämpchen fälschlicherweise über die programmierte Zeit hinaus. Also nochmals tüfteln. Gian bemerkt, dass er Monday statt Sunday als Starttag eingestellt hat und nur Monday und Tuesday statt MO TU WE TH FR SA SU für die ganze Woche.

BALKON 9
Donnerstag, 10. Dezember, 11.21 Uhr. Minus 0.7 Grad auf dem Balkon. Gian schreibt am Stubentisch.

Arzttermin um 09.00 Uhr. Alles gut gegangen. Sorgen unbegründet. In einem halben Jahr wieder. Was dann sein wird, wissen die Götter. Impfpflicht für Risikopersonen wie Gian? Nicht auszuschliessen. Natürlich auf freiwilliger Basis. Wer's glaubt, wird seelig! Jetzt wird getestet, was das Zeugs hält. Gestern musste das Kantonsparlament daran glauben. Die Fallzahlen müssen steigen, damit die Impfungen gerechtfertigt werden können. Danach werden vermutlich Leute an den Nebenwirkungen erkranken und vielleicht auch sterben. Was dann, damit noch mehr geimpft werden kann, vermutlich Corona in die Schuhe geschoben wird.

Gian graut es langsam. Im Gegensatz zu seiner Frau kann er das ganze Theater nicht auf die leichte Schulter nehmen. Er informiert sich jeden Tag über Facebook, Youtube und Telegramm, um zu erfahren, was wirklich in der Welt abläuft.

Ein neues Zeitalter bricht an, das des Wassermanns, und alles soll gut werden, sagen die einen. Die UFO-Gläubigen erwarten, dass die Ausserirdischen erscheinen und die religiösen Fundamentalisten sind überzeugt, dass die Endzeit angebrochen ist und ihr Herr, wie vor über zweitausend Jahren versprochen, vom Himmel herabschweben und alle, die an ihn glauben, retten wird. Für die Zeugen Jehovas hingegen findet das seit langer Zeit erwartete und immer wieder vorhergesagte Armageddon statt. Der Himmel fällt auf die Erde und alle, die nicht zu ihrer Religion gehören, werden unter den einstürzenden Bergen begraben.

BALKON 10

Samstag, 12. Dezember 2020, 15.08 Uhr. Die Sonne scheint, die Vögel zwitschern, als ob es bereits Frühling wäre. Gian fühlt sich, nach einem guten Mittagessen, so gut wie schon lange nicht mehr. Vielleicht wegen des Traums von letzter Nacht: *Er läuft mit einer Frau und einer zweiten Person hinauf auf ein Plateau. Der Weg führt um den Berg herum nach oben. Gian ist erstaunt, dass er einen vornehmen neuen blauen Anzug trägt. Die Frau adeliger Abstammung bleibt immer ein paar Schritte hinter ihm, die andere Person geht voraus.*

Am Strassenrand sitzen ärmlich gekleidete Leute, die Gian kennt. Er schämt sich etwas, dass er, als einer der ihren, in einem so schönen Anzug von dieser vornehmen Frau in ihre Residenz hinauf begleitet wird.

In einem späteren Traum läuft er barfuss durch sein Heimatdorf zum Haus seiner Eltern. Die spitzen Steine auf der Naturstrasse bohren sich wie Messer in seine Fusssohlen. Der Schmerz ist so schlimm, dass er stöhnend aufwacht.

Balkon: Leute spazieren am Haus vorbei, die Besucher der Witwe vom unteren Stock fahren nach Hause.

«Tschüüs, gute Reise», ruft die Grossmutter und winkt dem Auto nach. Mit einem kurzen Blick hinauf zu Gian läuft sie zurück zum Haus.

Er sichert die Datei, beendet das Programm und klappt den Laptop zu. Dann bleibt er, trotzdem es kalt geworden ist, noch längere Zeit in Gedanken versunken sitzen. Er fragt sich, wieso sein Leben verlaufen ist wie ein Fluss, der durch einen Urwald mäandriert. Und kommt zum Schluss, dass alles, was geschehen ist, einfach Erfahrungen waren. Lektionen, die er benötigte, um weiterzukommen auf seinem individuellen Weg. Und dass es keinen Sinn hat, einen Weg, ein Leben, zu werten oder mit dem eines anderen Menschen zu vergleichen. Ja, dass das sogar ein grosser Fehler ist. Und zwar darum, weil alle Menschen einzigartig sind. Und es die Aufgabe jedes Einzelnen ist, durch Erfahrungen sein individuelles Potenzial zu erweitern, zu lernen und zu wachsen.

BRÜCKE I

Gian sitzt wieder einmal an seinem kleinen Laptop. Seit bald zwei Monaten hat er nichts Neues kreiert, nur Korrekturen ausgeführt. Fehler gefunden, abgeändert, verändert, um- und neu geschrieben.

Ein langes heiteres Lachen ...
«Was isch?», ruft Gian.
«Ich hab's dir geschickt», ruft Rahel zurück.
Gian öffnet das WhatsApp auf seinem Handy. Ein Enkelwitz. Tatsächlich lustig, bringt ihn aber nur zum Schmunzeln.
In zehn Minuten hat sie ein Meeting am Laptop. Kurz bevor sie im Büro verschwindet, fragt sie nervend: «Hesch Zitiga scho ussatua? Han nu tenkt, du hägschs vargässa ...»
Gian hört, wie sie dir Tür schliesst und beginnt zu schreiben. Endlich wieder einmal! Dieses Gefühl, wenn die Finger über die Tasten hüpfen und was er fühlt und denkt sofort auf dem Bildschirm sichtbar wird. Alles kann damit ausgedrückt werden. Liebe, Freude, Trauer, Wut, Ärger ... Das Spektrum auf der Sprachskala hat keine Grenzen.
Mit Worten und Sätzen Bilder entstehen lassen, ohne von einer Galerie, einem Kunsthaus oder sonst jemandem abhängig zu sein. Alles kann auf einem winzigen USB-Stick gespeichert werden. Keine Platzprobleme, keine Atelier- und/oder Lagerraum-Miete wie bei der Malerei.

Vier Minuten vor acht begibt sich Gian in den Keller. Drei schwere Papierbündel stellt er an die Mauer beim Hauseingang. Zeitungen, Prospekte, Flyer, Zeitschriften. Bedruckt mit Buchstaben, Worten und Sätzen. Mit Sicht- und lesbar gemachten Gedanken: Meinungen, Haltungen, Anregungen, Kritiken und Lügen. Aus verschiedenen Bewusstseinszuständen heraus entstanden. Mit politischen, wirtschaftlichen, religiösen und anderen Hintergründen ... In die Malerei übersetzt: ein schillerndes Meer an Farben und Formen.

Ein unendlicher Informationsfluss fliesst Tag und Nacht weltweit in die Köpfe und Herzen der Menschen. Im Kampf um die Wahrheit. Um die Illusion der Wahrheit aufrechtzuerhalten, der Lüge zur Wahrheit zu verhelfen. Oder, um die Wahrheit als Lüge darzustellen. Wenn es hochkommt.

Auf dem Tisch steht eine Vase mit sieben weissen Tulpen. Drei davon lassen die Köpfe hängen. Rahel sagt, sie hätten sich mit Wasser vollgesogen, was typisch für Tulpen sei.

Das Gemurmel und Gelächter im Büro ist verstummt. Ein Zeichen, dass das Meeting zu Ende ist.

DIENSTAG, 9. FEBRUAR 2021, 15.13 UHR

Das erste Mal in diesem Jahr, dass Gian auf der Brücke schreibt. Ein kalter Wind fegt übers Geländer. Dank sporadischem Sonnenschein jedoch auszuhalten.

Was Gian im Moment beschäftigt ist die Pandemie: Vor fast einem Jahr hat dieses Drama angefangen. Im Frühling wurden die Massnahmen gelockert, im Herbst dann wieder verschärft. Es sieht danach aus, als ob man endlos weitermachen will. Jeden Tag wird aus allen Medienrohren auf die Bevölkerung geschossen. Und getestet, getestet und wieder getestet. Und natürlich geimpft. Angefangen hat man in den Altersheimen. Die alten Leute müssten zuerst geschützt werden, sagt man. Dabei sind schon viele an dieser unerprobten Giftmischung gestorben. Altershalber natürlich, wegen Vorerkrankungen. Doch es muss weiter geimpft werden. Jeder, der sich weigert, gefährdet die ganze Menschheit. Dabei ist die Sterblichkeit an dieser *neuen Grippe* nicht höher als all die letzten Jahre. Mit dem Unterschied, dass ganze Wirtschaftszweige zerstört, Unternehmen in den Ruin getrieben werden und die Selbstmordraten steigen.

DONNERSTAG, 11. FEBRUAR, 16.00 UHR

Das Schreiben fühlt sich für Gian im Moment an wie das Überqueren einer nebelverhangenen Brücke, die über eine Schlucht in ein unbekanntes Land führt.

Mit Windjacke und Hut gegen den Nebel geschützt, den Laptop unter dem Arm, schreitet er auf das imaginäre Gebilde zu. Will sich durch den Nebel kämpfen. Bis irgendwann das andere Ufer zu sehen ist.

Schon immer hat sich Gian auf die Äste hinausgewagt, sowohl in Gedanken als auch mit Taten. Der Fall, der dann meist folgte, war hart, aber heilsam. Nur so hat er gelernt. Auch im Alter hat weder sein Entdeckerdrang noch die Neugier auf das Leben abgenommen.

Als Bub hat ihm eine alte Frau einmal gesagt, sie glaube nicht an Gott. Wenn es ihn gäbe, existierte nicht soviel Leid. Das hat er nie vergessen.

Gian ist überzeugt, dass, da niemand nur glücklich durchs Leben kommt, Schmerzen und Leid irgendeinen Sinn haben müssen.

Esoteriker sind meinen, dass Leid dazu dient, ihre Schwingungen anzuheben. Aufwachen, bewusst werden, proklamieren sie ständig. Wozu? Für die Wahrheit! Für welche? Die eigene oder die der anderen? Ist der Mensch überhaupt fähig, sie ausserhalb seiner eigenen zu erkennen?

Jeder lebt und wertet auf seiner eigenen Skala. Kann eine Schlange nachempfinden, was ein Adler fühlt, wenn er – *in seiner Wahrheit* – durch die Lüfte schwebt?

Sieht ein Berg von Süden betrachtet aus wie von Norden? Nein! Also, was ist Wahrheit, und wo ist sie zu finden?

Rahel ist nach Hause gekommen. Die Sonne geht auf. Der Nebel zieht sich zurück.

FREITAG, 12. FEBRUAR, 15.05 UHR

Zu kalt auf dem Balkon. Die Brücke sieht Gian auch am Stubentisch. Sobald er zu schreiben beginnt, taucht sie aus dem Nebel auf. Und schon steht er auf ihr.

Unsicher, schwankend, aber ohne Angst.

Einer Hängebrücke, besser gesagt, einer Schwebe-Brücke ähnelt sie. Über einer sehr tiefen Schlucht. Vermutlich. In Schulterhöhe gehalten von zwei dicken Stahlseilen. Schmale Bretter, ungefähr einen Meter lang und gut zwanzig Zentimetern breit, für den Boden. Nach jedem Brett ein Abstand mit Blick ins Leere.

Es braucht Mut, dieses Gehänge zu betreten. Das Holz ist nass und glitschig. Die Brücke schwankt und in der Tiefe – verborgen in dichtem Nebel – lauert, gleich dem drohenden Donnern eines unsichtbaren Wasserfalls, die Gefahr des Unbekannten ...

SONNTAG, 14. FEBRUAR, 20.40 UHR

Rahel liegt in einer Frauenzeitschrift lesend auf der Couch. Ab und zu blättert sie energisch eine Seite um. Gian versucht trotzdem, auf die Brücke zu gelangen, doch es gelingt ihm nicht. Der Nebel ist so dicht, dass er keinen Gedanken fassen kann.

DIENSTAG, 16. FEBRUAR, 15.27 UHR

Balkon, 16 Grad. Ein gigantisches Spatzenkonzert verkündet den baldigen Frühling. Menschen treffen sich auf der Strasse, reden, lachen. Velofahrer. Farben-froh. Eine Elster hüpft auf dem Dach des Nachbarhau-ses bis an den Rand, schaut kurz in die Tiefe und fliegt weiter.

Das Vogelhäuschen, das Gian zu Weihnachten gekauft und am Balkon befestigt hat, ist wegen eines Überangebots auf dem Rasen der Parterre-Wohnungen nie besucht worden.

Die Brücke ... Heute kein Problem. Auch der Nebel nicht. Gian schreibt vor dem Blockhaus, das er sich in Gedanken in der Wildnis gebaut hat. Etwas erhöht steht es am Rand eines Waldes. Im See spiegeln sich die Kronen der Bäume. Ein leichter Wind kommt auf, wird stärker und stärker. Rauscht durch die Baumwipfel. Eine Melodie, die Gian aus der Kindheit kennt ...

Im Moment sieht er die Brücke nicht. Spürt aber, dass sie jederzeit wieder auftauchen kann. Ihn einlädt, schreibend über die schmalen Bretter gegen den Nebel anzukämpfen.

Wie gestern, als alles schwarz war und dunkel. Nichts ihn ihm, das nicht Leere war. Nichts, was ihm etwas bedeutet hätte. Alles sinnlos, jede Kreativität verschwunden. Gian lag auf den nassen Brettern, klammerte sich daran fest ... Tief unten donnerte das Wasser ... Nicht zum ersten Mal übrigens. Erst gegen Abend fand er sich wieder, kroch auf allen vieren den Hang hinauf zu seiner Behausung. Machte Feuer, briet ein Stück Fleisch, ass und trank, bis die Leere verschwunden war. Dann kroch er auf sein Lager, deckte sich mit dem Bärenfell zu, das er als Bub mit Old Shatterhand erjagt hatte, und schlief ein.

Als er spät in der Nacht aufwachte, fühlte er sich besser. Er trat vors Haus, setzte sich auf die Holzbank und horchte in die Dunkelheit. Still spiegelte sich im Mondlicht der See.

Wenn es tagte, beschloss er, wollte er den Kampf wieder aufnehmen. Sich schreibend durch den Nebel über die Brücke wagen. Immer weiter und weiter, so lange, bis er das andere Ufer erreichen würde.

MITTWOCH, 17. FEBRUAR, 14.47 UHR

Warm, als ob es bereits Frühling wäre. Gian kurbelt die Sonnenstore soweit herunter, dass sein Laptop im Schatten liegt.

Ruhe, Frieden. Weit entfernt das Geräusch eines Flugzeugs. Stöcke eines einzelnen Nordischwalkers klippern über den Asphalt ... Kurz darauf hört er eine Männerstimme: *So, du huara Krüppal, wia hesch?* – Eine so rauhe Sympathiebekundung hat er noch nie gehört. Sie passt zum Gebiet, das Friedrich Schiller in seinem Drama «*Die Räuber*» einst als «*Ein Land von Halunken und Gaunern*» beschrieben hat.

Die Nachbarin des Einfamilienhauses gegenüber läuft auf dem Trottoir vorbei, schaut kurz hinauf und verschwindet im Haus. Gian sieht sie und ihren Mann seit über sechzehn Jahren vom Balkon aus. Geredet haben sie noch nie miteinander. Er weiss nur, dass ihr Mann Edgar heisst und Österreicher ist. Bis vor zwei Jahren stand eine grosse Tanne vor ihrem Haus. Fünfzehn Jahre lang zwitscherte in der Abenddämmerung eine Amsel auf dessen Wipfel ihr Lied. Dann wurden die Äste braun, und Edgar liess den Baum fällen.

Die Brücke ist wieder da. Ein leichter Nebel wallt über die Schlucht bis ans gegenüberliegende ... Nein, ein Ufer ist das nicht ... Doch was dann. Umrisse, Formen, schwebende Gestalten ... Ab und zu ein helles Licht ...

Plötzlich beschleicht Gian ein seltsames Gefühl. Was macht er auf dieser Brücke, wohin wird sie ihn führen? Und dann, als ob seine Ängste ihn gerufen hätten, ist der Nebel wieder da. So dicht, dass Gian seine Füsse kaum noch sieht ... Langsam tastet er sich zurück, erreicht festen Boden, läuft den Hang hinauf zu seiner Hütte ...

MITTWOCH, 18. FEBRUAR, 13.18 UHR

Der Wind hat gewechselt. Kommt von Süden über die schneebedeckten Berge. Dringt fast schmerzhaft durch den Faserpelz, als wie eine letzte Drohung des Winters ...

Eine einzige Gams nur hat Gian am Morgen bei seinem einstündigen Spaziergang am Rhein gesehen. Kaum zu erkennen, liegt sie auf einem kleinen Felsen über dem Rheinufer.

Rekruten mit hellblauen Masken im Gesicht überqueren die Militärbrücke und verteilen sich in Gruppen am Fusse des Calanda.

Gian öffnet in der Voice-App das PDF der zuletzt geschriebenen Buchseiten und lässt sich während dem Laufen den Text vorlesen. Die Korrekturen schickt er sich per Mail aufs Handy.

Als Gian beim Parkplatz ankommt, setzt sich ein alter Mann auf die Bank neben dem Ticket-Automaten. Er zieht die Maske vom Gesicht, in der Hand hält er einen Kartonbecher mit einem Getränk, das er im Café weiter vorn erstanden hat.

«Muss ich jetzt halt so machen», klagt er und hält den Becher in die Höhe.

«Soll im März ja wieder besser werden», ruft Gian.

«Ah, ja? Machen sie wieder auf?»

«Vielleicht die Terrassen!»

Gian verabschiedet sich, löst das Ticket, steigt ins Auto und fährt in die Stadt. Mit einer schwarzen Stoffmaske im Gesicht betritt er nach zehn Minuten die Apotheke.

Neben ihm steht mit einem Rezept in der Hand ein sehr alter Mann. Stockend erklärt er, was er gerne hätte. Etwas genervt und mit lauter Stimme versucht die junge Frau, seine Wünsche zu erfüllen.

Gian hat sich so im Schreiben verloren oder gefunden, dass er glatt vergessen hat, dass er auf der Brücke sitzt und seine Beine wie auf einer Schaukel ins Leere baumeln ... Er öffnet den Rucksack, verstaut den Laptop und steht auf. Durch die Bewegung beginnt die Brücke zu schaukeln. Er hält sich mit beiden Händen an den Stahlseilen fest und tastet sich durch den immer dichter werdenden Nebel zurück zum Ufer ... Besser gesagt, auf festen Boden, zum Brückenanfang oder auf die Wiese, auf der sein Blockhaus am Waldrand steht ...

Plötzlich ein greller Blitz ..., ein gewaltiges Krachen. Gian taumelt, fällt, greift wild um sich ...

Mit einem Schrei wacht er auf ... Alles ist dunkel. Nur durch ein Fenster fällt etwas Licht ... Er schlägt das Fell zurück und setzt die Füsse auf den kalten Steinboden ...

«Hallo Gian! Gut geschlafen?»

Die Stimme gehört einem Mann, der im Dunkeln am Tisch neben der Feuerstelle sitzt.

«Gleich haben wir Licht ...»

Das Zischen eines Streichholzes ... Im Kerzenschein taucht das Gesicht eines sehr alten Mannes auf. Weisse Haare, buschige Augenbrauen, Adlernase, Augen wie glühende Kohlen ...

«Kennen wir uns?», fragt Gian überrascht.

«Das wirst du gleich herausfinden, Gian. Komm, setz dich zu mir! Wir müssen reden!»

Gian steht auf und setzt sich dem Mann gegenüber.

«Es geht um dein Schreiben auf der Brücke ...»

«Um mein Schreiben auf der Brücke?»

«Genau. Ich muss dich warnen. Was du tust, ist gefährlicher, als du denkst ...»

«Gefährlich? Weshalb?»

«Das hast du gerade eben erfahren! Um ein Haar wärst du in die Tiefe gestürzt ... Der Blitz, der Donner ... Das war eine Warnung, vielleicht die letzte ...»

«Eine Warnung? Wieso denn, was ist daran falsch, dass ich versuche, über die Brücke zu gelangen?»

«Der Nebel, Gian! Der NEBEL! Er ist seit Urzeiten der Wächter dieser Brücke. Du sollst und darfst nicht wissen, was sie verbirgt, wohin sie führt ...

Niemand darf das, kein Mensch!»

Gian spürt, wie eine kalte Hand nach seinem Herzen greift.

«Der Nebel verfolgt mich?»

«Er wird dich töten, wie alle Menschen vor dir, die durch Zufall auf die Brücke gelangt sind ...»

«Aber ich bin doch nur auf der Suche nach der Wahrheit? Was ist daran falsch? Ist es nicht die Aufgabe eines jeden Menschen, sie zu suchen?»

«Die Wahrheit?», lacht der Alte verbittert.

«Die Wahrheit hat viele Gesichter, unendlich viele. Vor allem dort, wo unbewusste Menschen um ihre tägliche Existenz kämpfen.

Die wirkliche Wahrheit jedoch kann auf dieser Seite der Brücke nicht erkannt werden. Niemand würde das überleben, auch du nicht Gian! Der Nebel ist da, um das zu verhindern. Schon, dass du die Brücke gefunden hast, ist ein Wunder. Und dass du dich durch den Nebel wagst, auf diesen schmalen nassen Brettern, ohne zu wissen oder auch nur daran zu denken, dass du dich in Gefahr begibst ...»

Der Alte schüttelt den Kopf.

«Wir sind wirklich äusserst besorgt, Gian!»

BRÜCKE II

Über zwanzig Grad auf dem Balkon. Frühling liegt in der Luft ...

Gian bringt seine Frau zur Kirche. Auf der Rückfahrt denkt er kurz daran, laufen zu gehen, fährt dann aber wieder nach Hause. Schreiben auf dem Balkon, wenn er schon einmal allein ist.

Wie sie um halb zwölf nach Hause kommt, macht er das Mittagessen: Süsskartoffeln im Backofen mit Knoblauch angedünstet. Dazu geräucherte Forellen. Weil er sie nicht kalt essen mag, wärmt er sie in der Bratpfanne. Dazu viel Salat. Schmeckt wunderbar.

Bevor Gian seinen Mittagsschlaf macht, gibt er auf Facebook ein Statement an seine *Freunde* ab und erwähnt dabei auch, dass er schreibt. Nach einer Stunde wacht er auf und löscht den Beitrag wieder.

Nachdem Rahel weg ist, macht er sich nochmals etwas zu Essen und trinkt die Weinflasche leer. Geniesst es, braucht es, mag es. Verflucht dabei all die Moralisten und religiösen Rettungssanitäter, die glauben, sie hätten das Recht dazu, jemandem vorzuschreiben, wie er zu leben hat.

Die Brücke. Gian erinnert sich ... Ein alter Mann warnt ihn vor dem Schreiben dort, vom Kampf gegen den Nebel, der gefährlich sei. Lebensgefährlich sogar. Doch er will es nicht glauben. Zu spannend ist das Projekt, als dass er es aufgeben wollte. Er hat die Brücke ja nicht gesucht, sondern sie schreibend entdeckt.

Der Nebel allerdings ist gegen seinen Willen aufgetaucht. Eigentlich wollte er nur eine Geschichte über eine Hängebrücke schreiben, die er mehr oder weniger problemlos überqueren würde. Schreibend. Doch dann, nach ein paar Seiten schon, taucht dieser Nebel auf, und es wird ein Kampf.

Auch heute muss er – wie jedes Mal, wenn er zu schreiben beginnt – wieder von vorn anfangen, weil das Geschriebene vom letzten Tag nicht mehr sichtbar ist.

Der Nebel ist so dicht, dass er von seiner Hütte aus nur erahnen kann, wo die Brücke beginnt. Trotzdem startet er seinen Laptop. Schon nach ein paar Zeilen zieht sich der Nebel zurück, soweit, dass er den Weg findet. Warum er umsverrecken auf diesem gefährlichen, schwankenden Gehänge, das vermutlich über einen Fluss, vielleicht aber auch über eine Schlucht führt, schreiben will, weiss er nicht.

Und dann sitzt er mitten im Nebel und lässt die Beine in die Tiefe baumeln. Den Laptop hat er diesmal wie eine Mutter ihr Baby in ein Tuch eingebunden und um die Schultern gehängt, sodass er beim Sitzen auf den Knien aufliegt und nicht in die Tiefe fallen kann.

Ein leichter Wind kommt auf, wird stärker und drängt die Nebelschwaden zurück. Für einen kurzen Moment glaubt er, es geschafft zu haben. Doch dann, als er beginnt, was er gesehen zu haben glaubt, niederzuschreiben, wird es schlagartig dunkel ...

«Wie gesagt, wir machen uns grosse Sorgen ...», hört er noch die Stimme des alten Mannes, dann verliert er das Bewusstsein.

Rahel bemüht sich jeden Tag, ihn ins ganz banale alltägliche Leben zu integrieren. Was ihm manchmal Mühe macht, er aber verstehen kann. Ohne sie wäre er noch einsamer. Die Brücke noch gefährlicher.

Im Moment liegt sie im Wohnzimmer am Boden. Auf einer blauen Matte. Neben sich den Laptop, durch den sie für ihr Pilates-Home-Office Anweisungen erhält.

Gian hilft ihr jeden Montagmorgen, den Esstisch wegzustellen, damit sie Platz für ihre langen Beine hat. Was sie schaurig nett findet, denn alleine könnte sie den schweren Tisch nicht bewegen.

Gian erwacht mitten in der Nacht in seinem aus Birkenstämmen selbst gezimmerten Bett, unter dem Bärenfell liegend, das er als Bub beim Lesen der Winnetou-Bücher mit Old Shatterhand erjagt hat …

Wieder ist es dunkel. Nur vom Fenster her fällt etwas Licht auf die steinernen Fliesen.

«Hallo Gian, gleich haben wir Licht …»

Zum zweiten Mal hört er das Zischen eines Streichholzes … Im Kerzenlicht erscheint wieder das Gesicht des alten Mannes. Lange weisse Haare, buschige Augenbrauen …

«Komm, setz dich zu mir, wir müssen reden … Die Sache läuft langsam aus dem Ruder!»

Gian wälzt sich von seiner Liege und setzt sich zu dem geheimnisvollen Mann an den Tisch.

Der weist mit seinem dürren Zeigefinger auf die Kerze, die bereits zur Hälfe abgebrannt ist.

«Weisst du, was das bedeutet, Gian?»

«Willst du mir mitteilen, dass ich nicht mehr lange zu leben habe?»

Rahel hat ihre Pilates-Home-Office-Stunde beendet. Etwas verschwitzt, aber strahlend und zufrieden, kommt sie aus dem Büro.

«Soll ich die Tür offenlassen?»

Dann geht sie duschen.

Gian klappt den Laptop zu, hält sich beim Aufstehen mit beiden Händen links und rechts an den Halteseilen der Hängebrücke fest und schreitet, darauf bedacht nicht ins Leere zu treten, zurück ans Ufer. Er läuft den Hang hinauf zu seiner Hütte, dreht sich kurz davor noch einmal um und stellt fest, dass die Brücke bereits wieder im Nebel verschwunden ist.

MITTWOCH, 24. FEBRUAR 2021, 13.34 UHR

«Der Dunst kommt nicht vom Sahara-Sand, sondern vom Ausbruch des Ätna», ruft Rahel hinter der Zeitung hervor.

«Würde passen», murmelt Gian.

«Der Sahara-Sand hatte jeweils eine orange-gelbe Färbung, das hier sieht jedoch aus wie weiss-grauer Dunst und hat sich auch nicht auf dem Balkontisch abgelagert. Nicht ein Körnchen ist zu sehen.»

Gian hat einen schlechten Tag erwischt, weiss gar nicht, was mit ihm los ist. Er sitzt vor seiner Hütte und starrt hinunter auf die Brücke.

Die Worte des alten Mannes haben ihm zu denken gegeben. Ob es wahr ist, was er gesagt hat? Dass der Nebel die Brücke bewacht?

Vor einem Tag ist er mit seiner Frau in ein Skigebiet gefahren, wo sie zusammen mit einer Freundin zum ersten Mal in ihrem Leben eine Langlauf-Ausrüstung mietet.

Als er sie nach über drei Stunden wieder abholt, kommt sie strahlend auf ihn zu. Gian, der nicht annähernd mit ihrem Zustand mitschwingen kann, fällt in ein Loch. Er, der einst gute Skifahrer, ist nur noch Zuschauer.

Auf dem Weg die vielen Kurven hinunter ins Tal klebt ein BMW am Heck seines SUV, überholt bei der ersten Gelegenheit und braust wie ein Irrer davon. Nach dem ersten Dorf holt Gian ihn wieder ein, weil ein Krankenwagen ein Überholmanöver verhindert. Gian kann es nicht lassen und fährt im besonders nah auf.

Bald darauf fährt der Krankenwagen rechts raus, der BMW verschwindet hinter der nächsten Kurve. Bei der grossen Verkehrs-Ampel im Tal steht er dann wieder im Stau. Gian überholt ihn links und drückt ein paar Mal kräftig auf die Hupe.

Manchmal denkt er daran, was Rahel sagen würde, wenn sie das mit seiner Hütte wüsste. Erfahren würde, dass er quasi ein zweites, geheimes, Leben hat, das parallel zu dem verläuft, das er mit ihr führt. Nicht eines mit einer anderen Frau wie manche Männer, nein, ein durch seine Fantasie erschaffenes.

Seit einem halben Jahr hat er an der Hütte gebaut. In Gedanken Bäume gefällt, entastet, zugeschnitten, gesägt und gehämmert ... Die Werkzeuge dazu hat er aus der Werkstatt *entlehnt*, die sein Onkel einst zusammen mit seinem Vater an den Stall angebaut hat. Er findet Äxte, Sägen, Hämmer, ja sogar ganze Pakete mit grossen Nägeln. Die Herausforderung besteht vor allem in der Planung. Doch nachdem er auf YouTube das Video eines kanadischen Aussteigers entdeckt, der eigenhändig eine Waldhütte baut, läuft alles wie von selbst: Video schauen, visualisieren und entstehen lassen.

DONNERSTAG, 25. FEBRUAR 2021, 14.18 UHR

Donnerstag ist Rahels Walking-Tag. Gian fährt sie zum Treffpunkt und geht dann eine Runde laufen.

Die kühle Luft am frühen Morgen tut ihm gut. Endlich kann er wieder einmal tief durchatmen.

Er begegnet der Frau mit dem jungen Husky. Noch nie hat er sie ohne Hund oder mit einem Mann gesehen. Sie grüsst bei der Begegnung und später noch einmal auf der Bank neben dem Billett-Automaten. Mit beiden Händen krault sie den Kopf ihres treuen Gefährten.

Auf dem Rückweg biegt Gian nach dem ersten Kreisel beim Dorfeingang rechts ab, fährt durch die kleine Industriezone und hält vor dem Motorgeräte-Geschäft.

Die Frau am Empfang telefoniert nach dem Fachberater, doch der ist nicht da. Also übernimmt sie den Verkauf selbst. Gian möchte für seinen Abwartjob einen Elektro-Mäher mit Akku. Nach fünf Minuten hat er sich entschieden. Das Modell hat sogar zwei Akkus mit einer Gesamt-Laufdauer von einer Stunde. Dazu ein Schnell-Ladegerät und sieben Prozent Rabatt. Im Preis inbegriffen ist die Entsorgung des alten Mähers samt Zubehör.

FREITAG, 26. FEBRUAR 2021, 14.20 UHR

Balkon. Zwanzig Grad. Frühlings-Spatzen-Getzwitscher. Vor Gian auf dem Tisch steht das Vogelhäuschen, das er vor zwei Monaten gekauft hat:

Vogelfutterhaus, Standard, CHF 12.90, Coop, ist noch auf dem weissen Kleber zu lesen. Gians Versuch, ihn zu entfernen, ist fehlgeschlagen. Vor einer Woche hat er es vom Geländer genommen. Immer noch ist es gefüllt mit exakt der Menge Körner, die er an Weihnachten letzten Jahres eingefüllt hat. Der Grund: Ein Überangebot durch die beiden Parterre-Wohnungen.

Die Brücke ist für Gian zu einem Problem geworden. Er fragt sich, ob es nicht einen anderen Weg, vielleicht eine bequemere Art gibt, auf die andere Seite zu gelangen. Eine, die nicht mit Lebensgefahr verbunden ist.

Vielleicht sollte er den einfachsten Weg gehen, den, der kein eigenständiges Denken verlangt. Einfach tun, was alle tun, glauben, was alle glauben, dem vertrauen, was die Medien jeden Tag erzählen, sich entspannen, zurücklehnen ... Und glauben und hoffen, das alles gut ist, so wie es ist.

Ein Schaf, in der Herde geborgen. Vom bösen Wolf geschützt allein durch Hoffnung. Mitlaufen ohne zu denken, sich führen lassen von denen, die seit jeher sowieso alles unter ihrer Kontrolle haben. Sind sie doch dafür gewählt worden, haben einen Eid abgelegt, die Bevölkerung nach bestem Wissen und Gewissen vor Schaden zu bewahren.

«Es gibt, falls du nach all den Warnungen noch immer nicht aufgeben willst, nur eine Möglichkeit, Gian», hört er die Stimme des Alten in seinem Inneren.

«Und die wäre?»

«Geh zurück in deine Vergangenheit. Such dir einen Moment aus, in dem du, wenn auch nur eine Sekunde lang, wirklich glücklich warst. Falls es dir gelingt, vollständig darin einzutauchen, nimm dieses Gefühl in die Gegenwart. Nichts und niemandem wird es dann noch gelingen, dir in irgendeiner Form zu schaden!»

SAMSTAG, 27. FEBRUAR 2021, 13.34 UHR

Rahel ist in dem Moment zurück, als Gian die Balkontür schliesst, um sich mit Schreiben auf die Brücke zu begeben.

Sein Angebot, sie um halb acht zu ihrem Kirchen-meeting zu fahren, hat sie mit der Begründung ausge-schlagen, sie würde den Bus bevorzugen.

Gian verlässt die Wohnung, ohne sich zu verabschie-den, während sie sich im Bad zurechtmacht. Nach einer Stunde laufen am Rhein geht es ihm besser. Physisch ist er allerdings bereits wieder am Anschlag. Die Füsse schmerzen schlimmer als je und auch das Genick, der Rücken.

Wieder zu Hause begibt er sich auf den Balkon, beamt sich zu seiner Hütte und beginnt zu schreiben.

Nach einer halben Stunde kommt seine Frau von der Kirche zurück. Obwohl er die Tür zur Wohnung zugezogen hat, verhindert ihre Gegenwart das Ver-weilen in seiner Hütte. Warum, weiss er nicht.

Er klappt den Laptop zu, legt sich im Wohnzimmer auf die Couch, und Rahel erzählt ihm, was sie alles er-lebt hat.

FREITAG, 5. MÄRZ 2021, 13.09 UHR

Rahel ist vor ein paar Tagen beim Langlaufen ge-stürzt und hat starke Schmerzen im Rücken. Nach dem Arztbesuch heisst es: Schonen, Schmerztabletten ein-nehmen, keine Lasten heben, sich nicht anstrengen. Ideale Voraussetzungen für Gian, seine angeborene Hilfsbereitschaft auszuleben.

Für jemanden da sein, gebraucht werden, helfen können ... Das ist das, was er am liebsten macht. Natür-lich gehört auch das Kochen dazu. Essen zubereiten,

138

Tisch decken, servieren, einschenken … Für das Wohl eines Menschen besorgt sein.

Gian sitzt wieder auf der Brücke, lässt die Beine baumeln und lauscht dem Getöse des Wasserfalls in der Tiefe. Auf einer zweiten Ebene hört er ab und zu Stimmen. Leute, die auf der Strasse unterhalb des Balkons vorbeilaufen.

Immer wieder denkt er an die Worte des alten Mannes. Den Glücksmoment in der Vergangenheit? Wie soll er den finden? War er überhaupt jemals wirklich absolut glücklich?

Er spürt, dass der Nebel auf der Brücke etwas mit der Angst zu tun hat, was er schreibt, teilen zu müssen.

Einerseits hat er den Wunsch, sich mitzuteilen, seine Gedanken, seine Ideen, sich selbst … Andererseits möchte er nicht, dass irgendjemand je erfährt, was er fühlt, denkt, schreibt und ist.

MONTAG, 8. MÄRZ 2021, 10.03 UHR

Rahel liegt auf der Couch, immer noch von Schmerzen geplagt. Gian bringt ihr ein Kissen und das Handy.

«Danke!», seufzt sie.

Im Moment wird die Kaffeemaschine entkalkt. Gian redet ab und zu mit ihr, als ob sie ein lebendiges Wesen wäre.

In der Nacht hat es geregnet. Gian sitzt auf der Bank vor seiner Hütte. Die Sonne bricht durch den Nebel. Wassertropfen glitzern im Gras.

Gian sieht die Brücke bis zum gegenüberliegenden Ufer. Ein wunderschöner, im Sonnenlicht glänzender Steg ... Er eilt den Hang hinunter und springt über die schmalen Bretter ..., weiter als je zuvor ... Doch plötzlich ist da etwas Weiches, Gewebeartiges ... Es umfängt, umhüllt ihn ... Und dann sieht er die behaarten Beine einer riesigen Spinne ... Erschrocken weicht er zurück ... Doch es ist zu spät ... Ihr Netz hält ihn gefangen.

Mit einem Schrei wacht er auf, fällt aus dem Bett auf den harten Steinboden ... Verwirrt rappelt er sich hoch ... Es ist stockdunkel.

«Gian, Gian, Gian ... Was muss noch alles geschehen, bis du begreifst, dass die Brücke tabu für dich ist? Hast du vergessen, was ich dir beim letzten Mal gesagt habe?»

Gian steht auf und setzt sich im Schein der Kerze an den Tisch.

«Mach nicht so ein Theater wegen dieser Brücke, alter Mann! Langsam reicht es mir! Ist doch alles nur eine üble Show, die du da mit mir abziehst!»

Das Gesicht des Alten verzieht sich zu einem Lächeln, er zeigt auf die Kerze ...

«Wie lange wird sie noch brennen, Gian?»

«Ist mir egal, wie lange sie noch brennt! Ich lasse mir nicht von deiner Kerze vorschreiben, wie lange ich noch zu leben oder was ich zu tun habe!»

Der Alte nimmt Gians Hände in seine und schaut ihm tief in die Augen ...

Mit einem Knall öffnet sich die Balkontür ...

«Ist die Post schon gekommen?»

«Nein, glaub' nicht ...», antwortet Gian erschrocken und löst seine Hände aus denen des alten Mannes.

DONNERSTAG, 24. MÄRZ 2021, 15.12 UHR

Auf dem Tisch liegen zwei Säcke, einmal 15, einmal 40 Liter. Die Erde wird gebraucht, um die Tujas einzutopfen, die man vor einem Tag im Coop Bau und Hobby gekauft hat.

Vor vier Wochen hat Rahel sich beim Langlaufen zwei Rückenwirbel gebrochen. Sie darf kein Gewicht heben und hofft, dass Gian unter ihrer Anleitung die kleinen Bäume eintopft. Worauf er im Moment keine Lust hat. Er hört dem Gezwitscher der Spatzen zu und fühlt sich wohl.

Die Witwe über ihm hat Besuch. Gian bewundert ihren Lebensmut. Trotz Chemo und Corona-Impfungen ist sie immer freundlich und aufgestellt.

Eine Harley blubbert die Strasse hinauf, ein Velofahrer mit weissem Helm radelt vorbei. Ein leichter Wind. Kühl, aber angenehm.

Gian hat sich nicht an die Aufforderung des Alten Mannes gehalten, in der Vergangenheit einen Glücksmoment zu suchen. Er ist schon zufrieden, wenn er in der Sonne vor seiner Hütte sitzen kann.

Natürlich hat es Momente in seinem Leben gegeben, in denen er vermutlich glücklich war. Zum Beispiel als

Kind bei der Weihnachtsbescherung. Kurz bevor die Eltern ihn mit seinen Brüdern zusammen in die Stube riefen und das Fenster, wo gerade das Christkind hinausgeflogen war, noch offen stand ... Dann die erste Verliebtheit. Die Vorfreude auf das Treffen mit der Freundin, das Hoffen auf einen Brief von ihr.

Auch wenn es ihm gelänge, einen absoluten Glücksmoment in seiner Vergangenheit finden ... Wie ums Himmelswillen soll er den dann in die Gegenwart transportieren? Völlig unmöglich, denkt Gian und zweifelt daran, ob es überhaupt möglich ist, die Brücke jemals zu überqueren. Laut den Vorgaben des Alten ist sie für ihn sowieso tabu.

«Alles braucht seine Zeit, Gian. Wir kümmer uns um dich. Du bist nicht allein ... Viele Wege führen nach Rom ...»

MITTWOCH, 30. MÄRZ 2021, 10.39 UHR

Der Frühling kommt nur stockend in Gang. Zu kalt bis jetzt. Doch das soll sich ja bald ändern. Temperaturen bis zwanzig Grad sind angesagt.

Gian hat Rahel zu einer Sitzung ins Dorf hinauf gefahren und will danach eigentlich einkaufen. Doch dann bleibt er in der Wohnung hängen. Er legt sich auf die Couch, ein Griff zum Tablet, und schon verschwindet er längere Zeit im Internet.

Sinnlose Zeitverschwendung? Wie Gian es sieht, kann Zeit nicht verschwendet werden. Und zwar darum, weil sie nicht wirklich existiert. Eine Illusion ist, die das Bewusstsein der Menschen in der Annahme gefangen hält, dass sein inneres Selbst Zeit und Raum unterworfen ist.

Gian spürt die Stille in sich. Sie unterscheidet sich in nichts von dem, was er schon als Kind erfahren hat. Das Innerste, der Kern des Seins, ist unbeweglich, zeitlos.

DONNERSTAG, 1. APRIL 2021, 15.00 UHR

Gian hat unter der Regie seiner Frau die Tujas eingetopft, sie gegossen, den Balkon aufgeräumt und die nicht gebrauchte Erde mit ein paar alten Blumentöpfen im Keller verstaut. Rahel, die immer noch keine Lasten heben darf, hat ihm – ohne dass er sich in manipuliert gefühlt hätte – kompetente Anweisungen gegeben.

Auf dem Balkon über ihm plaudert die Witwe mit ihrem Besuch. Auf der Strasse läuft eine ehemalige Schulkollegin mit ihrer Enkelin vorbei. Gian erinnert sich an einen Tanzabend vor über fünfzig Jahren: Sie schmiegt sich an ihn, er spürt ihren Atem, doch er empfindet nichts für sie. Rein gar nichts. Was ihm irgendwie leidtut, denn sie ist die Schwester seines Freundes, dessen Mutter angedeutet hat, wie schön es wäre, wenn er in ihre Familie käme.

Die Suche nach dem Glücksmoment ...

Gian hat einige solcher Momente gefunden, sie jedoch nicht abrufen können. Und er ist im Moment auch nicht in der Lage, sich mit dem Nebel anzulegen. Zu schwach fühlt er sich. Er setzt sich auf die Bank und streckt die Beine von sich. Nur die ersten paar Meter der Brücke sind zu sehen, dann beginnt der Nebel, in dem die Gefahr lauert. In Form einer riesigen Spinne, einem plötzlichen Gewitter oder Schlimmerem.

Ein Schatten verdeckt die Sonne. Vor ihm steht der alte Mann.

«Es ist in dir, Gian. Alles, was du im Äusseren suchst. Der Nebel, die Brücke, die Gefahren ... Die Hütte, die du selbst gebaut hast, die Bank davor, auf der du so gerne sitzt und vor dich hin träumst, all das hast du aus eigener Kraft erschaffen ... Wieso also gelingt es dir nicht, auch eine Lösung für die Brücke zu finden?»

Gian ist mit einem Satz auf den Beinen.

«Was erzählst du da, Alter? Hast nicht du mir gesagt, dass es verboten ist, sie zu betreten. Dass noch jeder den Versuch mit dem Leben bezahlt hat?»

«Jeder, der nicht bereit dafür war, Gian. Steigt ein Tiefseetaucher ohne Tauchanzug und Sauerstoffflaschen ins Wasser? Stürmt ein Feuermann ohne Schutzanzug ein brennendes Haus? Verpflanzt ein Chirurg ohne langjährige Ausbildung ein Herz?»

«Du denkst, ich bin nicht bereit dafür, Alter?»

«Du bist nicht nur nicht bereit dazu, Gian, du bist sogar ein absolutes Greenhorn. Es ist ungefähr so, als ob ein Fünfjähriger versuchen würde, ein Flugzeug zu fliegen!»

WhatsUp: D*er Osterhase hat mich schon lange vergessen,* antwortet Gians Bruder auf die Frage, ob er sein Osternest schon gefunden habe.

Ostern, Auferstehung und Rettung der Menschheit durch den Kreuzestod des Gottessohnes vor über zweitausend Jahren. Für alle, die an ihn glauben. Ihm folgen, seine Jünger werden, auf dem Weg in seinen Himmel ...

Der schmale Weg, der einzige, der – laut dem, was das Christentum und christliche Fundamentalisten predigen – in den Himmel führt, in die ewige Glückseligkeit. Der einzige Weg? Und was ist mit all den Menschen, die in einer anderen Religion geboren wurden und werden? Im Islam, im Hinduismus, im Buddhismus usw. Und was ist mit den Menschen, die vor Christi Geburt, vor seiner Kreuzigung, gelebt haben? Alle verloren für ewige Zeiten? Von einem Gott verstossen, der nur eine einzige Religion akzeptiert?

Gian sitzt auf der Bank vor seiner Hütte und lauscht dem Rauschen des Windes, dem Gesang der Vögel ...

Linker Hand liegt der See, der im Moment wie ein Spiegel seiner selbst still und klar in sich ruht. Rechter Hand die Brücke, besser gesagt, das Wenige, das von ihr sichtbar ist.

Der See, die Brücke ... Zwei Möglichkeiten. Beim See kann Gian das gegenüberliegende Ufer erkennen. Es zu erreichen, reizt ihn nicht. Dort leben Menschen, die ihr Leben damit verbringen, sich gegenseitig zu bekämpfen. Ihr Bewusstsein ist eingesperrt in soziale und religiöse Strukturen. Ihr Weg vorgegeben, von der Wiege bis zum Grab. Aus diesem Gefängnis ist Gian geflüchtet. In seine Waldhütte, in seine Welt. Auf der Suche nach etwas, das ihn weiter bringt ... Über die Brücke hinaus in ein unbekanntes Land.

19.42 Uhr. Der Kaffee ist kalt geworden. Die Dämmerung hat eingesetzt. Eine Amsel trällert ihr Lied. Ostersonntag 2021.

DIENSTAG, 6. APRIL 2021, 14.38 UHR

Nur sieben Grad auf dem Balkon. In der Nacht hat es gestürmt und leicht geschneit. Zu kalt für die Dipladenia. Rahel hat ihn gebeten, sie wieder ins Treppenhaus zu zügeln.

Ein gelber DHL-Bus fährt vor's Haus. Es läutet, Gian macht auf und ist überrascht, dass der Laptop, den er vor Ostern bestellt hat, schon da ist. Mit Express, ohne Zusatzkosten.

Nach zwei Stunden hat er ihn eingerichtet. Er ist schnell, sehr schnell, und das freut ihn gewaltig. So hat Rahel keine Probleme mehr beim Protokollschreiben.

Den alten Rechner benutzt Gian jetzt zum Schreiben. Er wird ihn auf Herz und Nieren durchchecken, um herauszufinden, was ihn ausbremst. Vor einem Jahr hat er ihn aufgeschraubt, in der Hoffnung herauszufinden, was ihm fehlt. Hat nicht viel gebracht. Doch zum Schreiben genügt seine Leistung alleweil.

Gian flüchtet vor der Kälte in die Hütte, legt sich auf sein Lager und deckt sich mit dem Bärenfell zu. Die Brücke, der Alte, die ganze Welt mit ihren Problemen können ihm im Moment gestohlen bleiben.

FREITAG, 9. APRIL 2021, 16.03 UHR

Ein kalter Wind, und wieder soll es Schnee geben. Rahel ist zur Fusspflege. Gian schaut ihr vom Balkon aus nach, wie sie ins Dorf hinauf läuft.

Vom Nachbarhaus gegenüber fährt eine junge Frau mit dem Velo auf die Strasse. Vor dem Gesicht, obwohl allein auf weiter Flur und weit und breit keine Ansteckungs- oder Verbreitungsgefahr, die hellblaue Maske.

«Uf am Velo nützts am meischta!», ruft er ihr vom Balkon herunter nach und regt sich noch längere Zeit über die unglaubliche Dummheit gewisser Leute auf.

«Das hätten sie dir aber auch persönlich mitteilen können, dass deine Gotta gestorben ist!», ruft seine Frau hinter der Zeitung hervor.

«Was? Die Gotta ist gestorben?»

Gian betrachtet die fröhlich lächelnde Frau in der Todesanzeige. Er ist schockiert und tieftraurig. Einundsiebzig Jahre hat sie ihn begleitet. Seit vielen Jahren hat er von ihr eine Geburtstagskarte bekommen. Sie hat seine Bücher gelesen und ihm Mut gemacht. Vor drei Wochen noch hat sie ihn überraschend angerufen. Ihre Stimme ist ungewöhnlich hell und klar, so ganz voller Freude ... Sie liege seit zehn Tagen im

Spital und habe Zeit gehabt, seinen Roman in aller Ruhe nochmals zu lesen. Und verstehe jetzt auch besser die Spitalszenen darin. Sie dankt ihm herzlich und verabschiedet sich fröhlich.

Gian ahnt, dass es ein Abschied für immer sein könnte. So wie bei seiner ehemaligen Lehrerin, die ihm telefonisch zum gemeinsamen und ihrem letzten Geburtstag gratuliert hat.

Er fährt mit Rahel zum Arzt und spaziert dann allein dem Rhein entlang. Doch das Laufen hilft nicht. Sein Herz ist schwer, ihm ist übel. Er fühlt sich, als ob ihm eine imaginäre Nabelschnur aus dem Bauch gerissen worden wäre. Genauso wie beim Tod seiner Eltern. Nach kurzer Zeit fährt er nach Hause und tut, was er immer getan hat, wenn Schmerz und Frust kaum noch zu ertragen waren.

Am Abend wacht er mit einem Kater auf, doch der Schmerz ist verschwunden, ertränkt im Fluss des Vergessens. Rahel versteht und lässt ihn in Ruhe.

DIENSTAG, 13. APRIL 2021, 15.54 UHR

Immer noch kalt. Neun Grad. Nordwind. Von Frühlingsgefühlen keine Spur.

Inzwischen jammern die Leute, dass sie nicht schnell genug geimpft würden. Was diese unerprobte Impfung überhaupt bewirkt, das weiss noch niemand. Für einmal wird sie an Menschen statt im Tierversuch erprobt. Gian vermutet, dass die, die impfen und die, die sich impfen lassen, nicht wissen, was sie tun.

Er ist auch alles andere als einverstanden mit dem Krieg, den die Regierenden seit einem Jahr gegen die eigene Bevölkerung führen. Denn es ist ein Krieg mit dem Mittel der Angst.

Beim Nürnberger Kriegsverbrecherprozess soll Hermann Göring auf die Frage, wie sie es geschafft hätten, die Menschen so zu beeinflussen, gesagt haben: Wenn man weiss, wie man die Leute erschrecken kann, kann man alles mit ihnen machen. Dazumal mit Erschiessungen, heute mit einer Pandemie.

Gian packt seinen Rucksack, schliesst die Hütte ab und läuft wieder einmal hinunter zur Brücke. Wäre ja noch schöner, wenn er sich von einem alten Mann davon abhalten liesse. Forsch tritt er auf das erste schwankende Brett, hält sich mit beiden Händen an den Stahlseilen fest und setzt einen Fuss vor den anderen ... Ungefährdet läuft er in den Nebel hinein, so weit wie noch nie. Schon glaubt er, gesiegt zu haben, als ein Geräusch an sein Ohr dringt ... Erschrocken bleibt er stehen, dreht sich um und erstarrt ...

Der Nebel ist verschwunden. Er sieht den Wald und davor seine Hütte ... Flammen schiessen unter dem mossbedeckten Dach hervor ...

Gian kann sich nicht mehr erinnern, wie er den Rückweg geschafft hat. Er liegt am Waldrand, die Sonne scheint, der Wind rauscht durch die Baumwipfel ... Ausser verkohlten Balken ist von seiner Behausung nichts mehr übrig.

«Du bist weit gekommen, Gian! Weiter als wir gedacht haben!», hört er die Stimme des alten Mannes.

Seit Gians Hütte abgebrannt ist, hat sich etwas in ihm verändert.

Er sieht den Wald von oben, die Brandstelle, den See auf der linken Seite und das Nebelmeer, das rechter Hand die Brücke bedeckt. Er weiss, dass dieser Lebensabschnitt vorbei ist. Warum er dieses Risiko auf sich genommen hat, ist ihm jetzt ein Rätsel. Sich über einen gefährlichen schwankenden Steg kämpfen, ohne zu wissen, was ihn auf der anderen Seite erwartet ...

Wieso, wozu, warum?

«Du fragst dich, weshalb dein Kampf mit dem Nebel so plötzlich vorbei ist?»

«Ja, das frage ich mich wirklich ...»

«Die Kerze erloschen! Der Weg zu Ende!»

«Wie meinst du das? Die Kerze erloschen und welcher Weg ist zu Ende?»

«Ein Ende und ein neuer Anfang, Gian.»

Gian Hand schiess nach vorn. Seine Finger umklammern den Hals des Weisshaarigen.

«Nein! Kein neuer Anfang! Keine Brücken! Keine Kerzen und keine Prüfungen mehr!», schreit er und drückt mit aller Kraft zu.

Röchelnd, mit weit aufgerissenen Augen, starrt ihn der Alte an ...

Als Gian aufwacht, umklammert er mit beiden Händen sein Kopfkissen.

KURZ- UND
MINI-GESCHICHTEN

DIE MONDBATTERIE

Mit der Kreide in der Hand stand der Lehrer an der Wandtafel.

«Simon, kannst du uns nochmals erklären, weshalb der Mond in der Nacht leuchtet?»

Simon schrak aus seinen Träumen auf. Der Lehrer hatte eine Ellipse, auf ihr die Erde und um sie herum die Umlaufbahn des Mondes auf die Tafel gezeichnet. In der Mitte stand das Wort *Sonne*. Was der Lehrer dazu erzählt hatte, war nicht in Simons Bewusstsein gedrungen.

«Äh ... Die Sonne scheint am Tag und der Mond in der Nacht ...»

«Genau, doch weshalb leuchtet der Mond?»

Simon dachte an sein Handy. Es leuchtete in der Nacht, weil die Batterie Strom erzeugte.

«Vielleicht hat er eine Batterie ...»

Die Mitschüler lachten, der Lehrer schüttelte den Kopf. «Du hast wieder einmal nicht zugehört, Simon! Wer weiss es?»

«Weil er in der Nacht von der Sonne beleuchtet wird!», rief Mattia, der vor ihm in der Schulbank sass.

«Genau! Der Mond hat kein Licht und auch keine Batterie, Simon! Er reflektiert nur das Sonnenlicht.»

Simon schämte sich für seine falsche Antwort und ärgerte sich über das Gelächter seiner Mitschüler.

In der Pause hockte er allein auf der Mauer vor dem Schulhaus. Etwas weiter entfernt sassen ein paar Mädchen aus seiner Klasse. Ladina, die Einzige, die nicht gelacht hatte, stand auf und setzte sich neben Simon.

«Bitte mach nicht so ein Gesicht, Simon. Jeder gibt mal eine falsche Antwort, das ist doch nicht so schlimm.»

«Doch, ist es!», knurrte Simon.

«Du weisst ganz genau, dass alle über mich lachen!»

«Ich nicht, Simon. Ich weiss, dass du mit deinen Gedanken oft weit weg bist. Du bist halt nicht so wie die anderen Buben in der Klasse ... Gerade das gefällt mir an dir.»

Simon blickte kurz in Ladinas braune Augen und dann schnell wieder auf den Boden.

«Bin ich wirklich so anders als die anderen Buben?»

Ladina lächelte.

«Simon, du bist, wie du bist. Jeder ist eben anders. Steh zu dir, das ist wichtig!»

«Wer sagt das?»

«Mein Vater!»

«Dein Vater? Aber der ist doch ...»

«Ein Krimineller, sagen die Leute, ich weiss! Ja, er war ein paar Jahre im Gefängnis, aber er war unschuldig. Zudem ist das schon sehr lange her. Er sagt sogar, dass sich dadurch sein Bewusstsein erweitert habe ...»

«Sein Bewusstsein? Wie meint er das?»

«Er sagt, er habe viel Zeit gehabt, sich besser kennenzulernen, habe jede Menge Bücher gelesen und erkannt, dass wirkliche Freunde schwer zu finden sind.»

«Ach so, du meinst, falls ich mein Bewusstsein erweitern möchte, muss ich auch ins Gefängnis?»

«Nein! So habe ich das nicht gemeint!», lachte Ladina.

«Schon gut, war nur ein Scherz!», grinste Simon.

Bevor Simon an diesem Abend schlafen ging, schaute er aus dem Fenster. Der Mond stand als schmale Sichel hoch über den Bergen. Simon beschloss, ihn von nun an jeden Abend zu beobachten. Nach ein paar Tagen stellte er fest, dass er sich von links nach rechts bis zum Halbmond füllte und dann in einem Bogen auf die Gegenseite ausdehnte, bis er als Vollmond das ganze Tal erhellte.

Nachdem er längere Zeit vergeblich versucht hatte, sich vorzustellen wie die Sonnenstrahlen von der anderen Erdseite her – auf der Tag war – den Mond beleuchteten, den Himmel rundherum jedoch im Dunkeln liessen, tauchte eine weitere Frage in ihm auf.

Bei der nächsten Astronomiestunde erntete er dafür wieder Gelächter. Der Lehrer, genervt über die ungewöhnliche Frage, erzählte etwas von reflektierendem Gestein auf dem Mond und fragte Simon, ob er glaube, die Wissenschaftler seien alles Dummköpfe.

«Nein, natürlich nicht», stammelte Simon. «Ich kann es mir einfach nicht vorstellen, weil die Sonne doch so hell ist. Wie kann sie nur den Mond beleuchten und den ganzen Himmel rundherum dunkel lassen?»

«Euer Sohn ist etwas seltsam», sagte der Lehrer beim nächsten Elterngespräch.

«Statt dass er zuhört und sich merkt, was die Wissenschaft herausgefunden hat, hängt er seinen eigenen Gedanken nach. Ich schlage vor, dass ihr ihn zum Schulpsychologen schickt, bevor er ein Sozialisierungsproblem bekommt.»

Simons Vater war dagegen. Seine Begründung lautetet: «Nur, weil mein Sohn denkt, der Mond könnte eine Batterie haben, heisst das noch lange nicht, dass etwas mit ihm nicht stimmt. Ich finde es gut, wenn ein junger Mensch sich seine eigenen Gedanken macht. Soviel ich weiss, hat die Wissenschaft in den letzten Jahrhunderten immer wieder neue Thesen aufgestellt, die alte Erkenntnisse ad absurdum geführt haben. Vielleicht stellt sich ja eines Tages heraus, dass mein Sohn recht gehabt hat.»

Trotz der Unterstützung durch seinen Vater beschloss Simon, den Mond zu vergessen, da es ihm die Mühe nicht wert schien, seinetwegen von der ganzen Klasse diskriminiert zu werden.

Zehn Jahre später spaziert Simon eines Abends mit Ladina eng umschlungen durch die Altstadt zum Fluss, der im tiefgelegenen Bachbett durch die Stadt fliesst. Auf der kleinen Brücke bleiben sie stehen.

«Schau, der Mond, wie er leuchtet ...»

«Vollmond eben ... Von deiner Batterie beleuchtet!», lacht Ladina.

Simon greift ihr um die Taille ...

«Ich will nichts mehr davon hören, verstanden? Sonst werfe ich dich über die Mauer ...»

Sie ringen miteinander, Ladina kichert und keucht.

«Nicht! Man könnte uns beobachten ... Komm!»

Ladina zieht ihren Freund mit sich über die Brücke und zu der Bank bei der Flussmauer, die im Schatten des Mondes unter der grossen Linde schon unzählige Liebespaare belauscht hat.

Es gibt Menschen, die bei Vollmond aus dem Gleichgewicht geraten. Jeder Psychiater, jeder Kriminalpsychologe kann das bestätigen.

Der Mann war übergewichtig und nicht mehr jung. Und er war in einem emotionalen Zustand, der kaum auszuhalten war. Als er am frühen Morgen aufgewacht war, hatte er grosse Lust nach einer Frau verspürt. Im Laufe des Tages hatte sich das Verlangen ins Unermessliche gesteigert. Und nun, gegen Mitternacht, brannte es in ihm wie Feuer. Eine Art Droge war in sein Gehirn eingedrungen und trieb ihn wie ein Raubtier auf der Suche nach Beute durch die mondbeschienene Nacht. Als er dem Fluss entlanglief, sah er ein junges Paar eng umschlungen über eine Brücke laufen ... Schwer atmend griff er in die Tasche seiner Jacke, zog einen harten Gegenstand hervor und lief schneller.

Simon und Ladina waren so mit sich beschäftigt, dass sie den Mann erst bemerkten, als es zu spät war.

Zwei harte Schläge, und der Mann schleifte Simon zur Mauer, wuchtete ihn hoch und liess ihn in die Tiefe fallen. Dann kniete er nieder, beugte sich über die bewusstlose Frau, riss mit beiden Händen ihr leichtes Sommerkleid auseinander und tat, zu was das Mondlicht ihn zwang.

Langsam fuhr eine Polizeistreife durch die Stadt, durch den Kreisel beim Stadtausgang und dann dem Fluss entlang.

«Vollmond», sagte der junge zum älteren Kollegen, der am Steuer sass. «Da treffen sich immer wieder Liebespaare unter der grossen Linde gegenüber.»

«Ok! Sehen wir nach!», grinste der Ältere.

Ein paar Meter vor der Brücke hielt er an und stellte den Motor ab.

«Mal schauen, was sich tut.»

Kaum war eine Minute vergangen, bewegte sich etwas im Gebüsch.

«Hast recht gehabt!», sagte der Jüngere.

«Geht uns aber nichts an», meinte der Ältere.

«Wir haben einen Job zu erledigen!»

Plötzlich löste sich ein Schatten unter der Linde ... Ein Mann rannte davon und verschwand im Dunkeln.

«Geht uns doch etwas an! Los!», rief der Ältere.

Er gab Gas, fuhr mit Blaulicht über die Brücke, hielt vor der Linde an und sprang aus dem Wagen.

«Verdammter Schweinehund!» schrie der Beamte, als er die halb nackte Frau am Boden liegen sah.

Kurz darauf raste mit heulenden Sirenen ein Krankenwagen durch die Stadt. Ladina wurde von zwei Rettungssanitätern auf eine Bahre gelegt und vorsichtig in den Krankenwagen geschoben. Als ihr der Notarzt die Infusionsnadel in die Vene stach, öffnete sie die Augen: «Simon! Wo ist Simon?»

«Dein Freund?», fragte der Arzt.

«Wo ist er?»

Die Mauer war uralt und stand leicht schräg. Simons Körper lag auf angeschwemmtem Geäst am Flussufer. Weil es seit einem Monat nicht geregnet hatte, lagen nur seine Füsse im Wasser.

Nach kurzer Suche wurde er entdeckt. Als er neben Ladina im Krankenwagen lag, öffneten beide wie auf Kommando die Augen ...

«Ich glaube, der Mond hat doch eine Batterie ...», flüsterte Simon kaum hörbar.

Ladina versuchte zu lächeln, und als das nicht gelang, liess sie ihren Tränen freien Lauf.

ELISA

Elisa hatte ihr ganzes Leben mit Arbeit verbracht. Sie hatte geliebt, gelitten und kaum Liebe erfahren. Sie hatte vier Kinder gross gezogen, ihrem Mann gedient, in Demut, mit allem, was in ihr war und wozu sie glaubte, dass es nötig und von Gott gewollt sei. Der Glaube hatte ihr die Kraft dazu gegeben. Als ihr Mann eines Tages einen ihrer Söhne in einem Wutanfall halb tot schlug, zerbrach etwas in ihr. Elisa wusste nicht genau, was es war; es gab keine Worte, womit sie die Veränderung hätte ausdrücken können. Sie betete zu Gott, bat um Hilfe. Monate und Jahre vergingen, in denen sich nichts veränderte.

Dann, ganz langsam, erwachte die Hoffnung wieder. Es war, als ob etwas in ihr mehr wüsste, mehr verstehen würde, über alle Grenzen von Gesetz, Moral und Rechtschaffenheit hinweg. Es war ihr Herz. Es sagte ihr, dass Liebe alles erdulden, alles verzeihen und alles vergeben kann.

Elisa wurde alt, ihr Mann starb und auch die älteste Tochter. Doch auch im grössten Schmerz blieb in ihr der Glaube, die Hoffnung, die Liebe.

Elisa war, ohne dass sie es wusste, etwas ganz Besonderes. Ein Juwel. Eine Sonne. Ein Diamant.

DIE BANK

Ein See in den Bergen, ein alter Mann auf einer Bank nah am Wasser. Das Holz silbergrau, von Regen, Wind und Schnee gebleicht. Er will nur kurz ausruhen und dann nach Hause. Doch er bleibt. Verliert sich in Gedanken. Betrachtet die Berge, die sich mit den Gipfeln nach unten im See spiegeln.

Ein Ball klatscht ins Wasser. Ein Hund paddelt darauf zu, bekommt ihn zu fassen und schwimmt mit ihm ans Ufer. Ein schönes Tier mit goldgelben Augen ...

Kinderstimmen, Lachen, Freude ... Der See, die Berge ... Menschen, mit denen er sich verbunden fühlt. Die Gedanken verschwinden, die Zeit löst sich auf ...

Als er zu sich kommt, ist es kalt geworden. Er steht auf, macht ein paar Schritte. Die Gelenke schmerzen. Kies knirscht unter seinen Füssen. Langsam läuft er dem See entlang nach Hause.

BEGEGNUNG

«Hände desinfizieren. Karte nehmen. Bitte halten sie Abstand!», verlangt eine Stimme an der Decke. Zwei Pizzas, dünn geschnittener Fleischkäse, Salami ... Avocado ... Vier Stück, weil nur einen Franken und fünfundzwanzig Rappen. Drei Zitronen im Netzli ...

Eine Frau füllt die Regale auf. Es wird eng zwischen den Regalen. Gian wechselt die Richtung. Rechts weg durch die Weinabteilung. Links zu den Getränken. Zwei Zehnerpackungen mit Drehverschluss. Sechs Mal hohes C, ein Sechser-Pack Schorle. Dann nach links in die nächste Gasse. Drei Tuben Senf, zwei als Vorrat. Ein Glas Gurken. Was fehlt noch? Brot natürlich. Er lässt den Wagen stehen und eilt zum Eingang, wo das Gestell steht. Drei Brote, zwei als Vorrat. Er geht zurück zum Einkaufswagen, schiebt ihn vorwärts.

Eine Frau mit vollgepacktem Wagen kommt von links.

«Oha, Vortritt erzwungen!», scherzt Gian.

Die Frau ist nicht zum Spassen aufgelegt. Krötenaugen, Doppelkinn, Kampfbereitschaft.

An der Kasse steht er hinter ihrem breiten Rücken. Sie lässt sich Zeit, er wartet. Demonstrativ langsam schiebt sie ihren Wagen durch die Tür ins Freie.

Gian schichtet den Einkauf aufs Band, das langsam auf den Kassierer zurollt. Der junge Mann gibt sich keine Mühe. Gelangweilt schaut er durch ihn hindurch.

Nachdem Gian bezahlt hat, schiebt er den Einkaufswagen zum Auto, öffnet die Heckklappe und verteilt die Esswaren in zwei Taschen.

Die Frau, der er den Vortritt genommen hat, schlägt mit lautem Knall die Hecktür ihres grossen BMWs zu und verschwindet in ihrem Statussymbol. Langsam rollt das Gefährt davon. Hinterreifen so breit wie ein ausgestreckter Arm. Drohend hämmert der Dieselmotor.

SONNENBLUMEN

Ein Werbegeschenk. Besser gesagt: Beilage eines Bettelbriefes. Aus dem Couvert mit Einzahlungsschein fällt ein kleines Briefchen mit Sonnenblumensamen. Gian füllt ein Gefäss mit Erde, drückt die Samen hinein und giesst Wasser dazu. Schon nach ein paar Tagen zeigen sich kleine hellgrüne Keimlinge über der Erde. Nach einer Woche sind sie bereits ein paar Zentimeter gewachsen.

Nach zwei Wochen hat ein unsichtbarer Feind die hilflosen Wesen angegriffen. Einzelne Blätter sind bereits braun, andere hängen kraftlos am dünnen Stängel.

Gian nimmt den Topf in die Wohnung. Vergebens. Am nächsten Tag sieht es noch schlimmer aus. Er entfernt die abgestorbenen Blätter, zieht ein Pflänzchen aus der Erde und legt den Stiel mit den kurzen weissen Wurzeln in ein mit Wasser gefülltes Glas auf den Balkontisch. Wenn die Wurzeln gesund sind, werden mit der Zeit auch wieder Blätter wachsen, denkt er voller Zuversicht. Am nächsten Tag sind die Wurzeln tot.

DIE TIEFGARAGE

Einmal im Jahr wird in der Liegenschaft, in der Gian als Abwart amtet, die Tiefgarage gereinigt.

Zehn Parkplätze. Gemeinsame Einfahrt mit sechs Reiheneinfamilienhäusern.

Jedes Jahr im September befestigt er einen Zettel am Anschlagbrett zum Veloraum. Mit Datum, Zeit und dem Vermerk: Bitte Autos wegstellen! Nur der grosse Mercedes auf Parkplatz Nr. 5 steht – wie jedes Jahr – kurz vor neun noch auf seinem Platz. Vergessen! Sorry, entschuldigt sich der Besitzer.

Mit einem eisernen Hacken reisst Gian die vielen Abdeckungen zum Abfluss weg. Es braucht Kraft, er schwitzt gewaltig. Paul, sein Nachbar und Helfer, spritzt langsam und gründlich jeden Zentimeter sauber. Das Abflussgefälle ist so gering, dass, damit das Wasser das Ablaufrohr erreicht, mit dem Besen nachgeholfen werden muss.

Nach zwei Stunden ist die Arbeit getan. Mit viel Lärm, Schweiss und Hilfe von Fusstritten werden dreissig metallene Abdeckungen wieder in ihre Verankerungen gestampft.

Zwei Nachbarn unterhalten sich mit Paul. Gian, der nicht Italienisch spricht, geht. Müde, verschwitzt, erleichtert, dass wieder ein Jahr Ruhe ist.

KOMMUNIKATIONSKURS

Vor vierzig Jahren: Gian bucht einen Kommunikationskurs bei einer Organisation, die sich Scientology nennt.

Bei einer Übungen wird er aufgefordert, so laut zu schreien, wie nur möglich, um seine emotionale Kraft zu demonstrieren. Vermutlich hat der Auditor noch keine Erfahrung mit Individuen aus dem «*Lande der Halunken und Gauner*», wie Friedrich Schiller die Graubündner in seinem Theaterstück «*Die Räuber*» nennt, gemacht, sonst hätte er die Übung vielleicht ausgelassen. Das Gebrüll, das Gian von sich gibt, dringt durch alle Wände und verschlägt dem Scientologen die Sprache. Er bricht die Übung kurzerhand ab. Als Gian das Zimmer verlässt, sitzen wartende Kandidaten mit bleichen Gesichtern auf ihren Stühlen.

SEELENMATRIX

Gian liest seit einiger Zeit ein Buch über Seelenmatrix. Die Autoren schreiben über die Seele, die man HAT. Und so fragt er sich die ganze Zeit, wer oder was der Besitzer der Seele ist? Wer oder was steht über oder hinter ihr?

Nach seinem Wissen hat man nicht eine Seele, man IST Seele. Ein ewiger, göttlicher, unzerstörbarer Funke. Das Wasser, die Luft, die Berge, Tiere, Pflanzen, Steine ... Alles ist beseelt, was – wie schon erwähnt – die Quantenphysik eindeutig bewiesen hat.

In der Verstandesmatrix gefangen, schlägt der Mensch sich sein Leben lang damit herum, das Spinnengewebe, das die Wahrheit seiner Existenz verschleiert, zu durchschauen. Eingeschlossen in ein Gedankennetz, das ihm bereits als Kind in der Schule übergestülpt und jeden Tag durch das soziale Umfeld und die Medien verstärkt und neu gewoben wird.

EIN LICHTSTRAHL

Eines Tages fährt Gian mit dem Auto durchs Dorf, in dem er seit vielen Jahren wohnt. Bei der Bank biegt er links ab und fährt langsam durch die – seit Kurzem mit Tempo dreissig markierte – Strasse hinunter. Als er sich dem Bahnübergang nähert, sieht er eine junge Frau auf dem Velo heranfahren. Er hält an, gewährt ihr den Rechtsvortritt und hebt, ohne zu wissen warum, die Hand.

Lächelnd, mit einer anmutigen Kopfbewegung, grüsst sie zurück. Sein Herz wird warm. Ihm ist, als ob an einem kalten Wintertag plötzlich die Sonne aufgegangen wäre. Langsam fährt er weiter.

Eine Sekunde jenseits von Raum und Zeit. – Ein Lichtstrahl im Dunkeln.

HANS CAPADRUTT

- BALKON ZUR STRASSE
  ist nach:

- EIN BERGBAUERNBUB
  AM HEINZENBERG

- VOM BAUERNBUB
  ZUM JÜNGER GUTENBERGS

  und dem Roman

- SCHATTEN
  DER VERGANGENHEIT

  sein viertes Buch.